KB267885

RUNNER
런너

FUSION FANTASTIC STORY

임영기 장편 소설

런너 3

임영기 장편 소설

초판 1쇄 찍은 날 § 2012년 3월 23일
초판 1쇄 펴낸 날 § 2012년 3월 30일

지은이 § 임영기
펴낸이 § 서경석

편집부장 § 권태완
편집 § 주소영

펴낸곳 § 도서출판 청어람
등록번호 § 제1081-1-89호
등록일자 § 1999. 5. 31
어람번호 § 제1-1356호

주소 § 경기도 부천시 원미구 심곡2동 163-2 서경B/D 3F (우) 420—822
전화 § 032-656-4452 팩스 § 032-656-4453
http://www.chungeoram.com
E-mail § chungeoram@chungeoram.com

ISBN 978-89-251-2819-1 04810
ISBN 978-89-251-2789-7 (세트)

시공을 달리는 자

RUNNER

FUSION FANTASTIC STORY

임영기 장편 소설

런너

도서출판
청람

CONTENTS

제22장

무장해제

RUNNER
런너

경기도 청평.

바다처럼 드넓고 짙푸른 호수의 수려한 주변을 따라서 수
상 레저시설과 별장들이 늘어서 있는 풍경이 평화롭다.

청평댐에서 호수의 좌안을 따라서 한참 들어간 한 폭의 풍
경화처럼 아름다운 호숫가에 유럽풍의 멋진 한 채의 이층별
장이 있다.

별장 앞마당에는 보트가 묶여 있으며 나무로 만든 긴 다리
가 호수 쪽으로 뻗어 있다.

그리고 별장 마당에 할리데이비슨과 마이바흐가 나란히

주차되어 있는 모습이 보였다. 이곳은 연정토가 소유하고 있는 여러 별장 중의 하나다.

"주군께서 텐쵸오를 제압하십시오. 그래야 능력을 발휘하지 못합니다."

고선우가 텐쵸오를 굽어보며 공손하게 말했다.

별장의 지하실 한쪽 벽 아래 침대에 텐쵸오가 죽은 듯이 눈을 감고 누워 있다.

텐쵸오는 아까 고방아에게 삼족오탄을 머리에 정통으로 맞았지만 지금은 말짱했다. 머리에 아무런 상처나 흔적도 남아 있지 않은 상태다.

텐쵸오가 삼족오탄에 맞자마자 연달아가 그녀를 치료했기 때문에 죽지 않은 것이다.

물론 그녀가 예뻐서 치료해 준 것은 아니었다. 살려둬야 캐낼 것이 많이 있기 때문이다.

텐쵸오는 치료를 했는데도 그때의 충격 때문인지 깨어나지 못하고 있다.

옆에 서 있던 고방아가 연달아 대신 고선우에게 물었다.

"어떻게 제압하는데?"

"런너와 수행자들의 모든 능력은 심장에서 나옵니다. 그러니까 주군께서 텐쵸오의 심장에 손을 대고 가디언의 능력을 파괴하십시오. 그것으로 텐쿄오는 영원히 보통사람으로 살아야 합니다."

"연속환생도 끝이야?"

"그렇습니다. 하지만 텐쿄오가 묵인자를 만나 치료를 받으면 다시 부활할 수 있습니다."

고방아는 고개를 젖히고 웃었다.

"아하하하! 이년이 묵인자를 만날 가능성은 제로야! 어쨌든 이년 꼬라지가 그거 마음에 든다!"

침대 옆에는 연달아와 고방아, 그리고 고선우와 연연화가 나란히 서 있는데, 고방아의 말에 세 사람은 빙그레 미소를 지었다.

바로 그때 죽은 듯이 누워 있던 텐쿄오가 느닷없이 상체를 일으키면서 빠른 속도로 연달아의 왼쪽 가슴을 향해 오른손을 뻗었다.

슉!

그것은 연달아로서는 전혀 예상하지 못했던 급습이다. 더구나 텐쿄오와 연달아의 거리는 채 1미터도 되지 않았다.

그는 움찔 놀라며 순간적으로 몸이 굳었다. 텐쿄오의 손이 자신의 왼쪽 가슴을 향해서 무서운 속도로 쏘아오는 것을 보면서도 아무런 동작도 취하지 못했다.

텐쿄오는 기절한 채 누워서 연달아를 공격할 절호의 기회를 노리고 있었던 것이다.

연달아만 죽이면 다른 사람들은 충분히 죽일 수 있을 것이라고 나름대로 계산했다.

런너와 수행자의 모든 능력은 심장에서 나온다. 그러므로 심장이 파괴되면 런너도 끝장이다.

텐쵸오는 손을 쭉 펴서 칼처럼 뾰족하게 만든 상태다. 단단하고 두꺼운 콘크리트마저도 식빵처럼 뚫어버리는 손가락 끝 공격, 즉 수도(手刀)로 연달아의 가슴을 뚫어서 심장을 파괴하려는 것이다.

아무리 상대가 런너라고 해도, 가디언에게 절호의 기회가 주어지면 능히 죽일 수 있다.

연연화는 고방아 왼쪽에 서 있고 고선우는 연달아 오른쪽에 서 있었기 때문에 거리상으로 멀어서 어떻게 해볼 방법이 없는 상황이다.

아니, 가깝다고 해도 텐쵸오의 급습은 완전히 방심의 허를 찔러서 연연화와 고선우로서는 어찌해 볼 도리가 없는 상황이다. 두 사람은 얼굴이 창백하게 질려서 그 광경을 쳐다보기만 할 뿐이다.

텐쵸오의 손은 손목까지 핏빛으로 새빨갛게 물들었다. 모든 능력을 손에 집중시켰기 때문이다.

그녀의 손가락이 연달아의 왼쪽 가슴으로 파고들었다.

파아—

그런데 텐쵸오의 핏빛 손이 허공을 갈랐다. 연달아의 가슴을 찌르지 못하고 목표물을 잃어버렸다.

침대 옆에 나란히 네 사람이 서 있었는데 그중에서 연달아의 모습만 감쪽같이 사라진 상황이다.

상체를 일으켜 앉은 텐쵸오의 얼굴에 당황함이 떠올랐다. 이런 일이 벌어질 것이라고는 예상하지 못했던 그녀다. 그러므로 이다음에 어떻게 해야 할지 모르는 것이 당연했다.

그 순간 연연화의 주먹이 텐쵸오의 안면을 강타했다.

퍽!

텐쵸오의 상체가 뒤로 벌렁 젖혀지자 연연화의 주먹이 속사포처럼 그녀의 얼굴을 두드렸다.

퍼퍼퍼퍽!

고방아가 연연화를 옆으로 밀치면서 USP를 텐쵸오의 이마 한복판에 갖다 댔다.

"이년을 아예 죽여 버리겠어!"

피투성이로 짓이겨진 텐쵸오의 얼굴에 놀라움이 떠올랐다.

"그만둬."

그때 고방아 옆에서 연달아의 목소리가 들렸다. 감쪽같이 사라졌던 그가 언제 나타났는지 그녀 옆에 우뚝 서 있었다.

"당신……."

연달아는 빙그레 미소 지었다.

"그렇게 쉽사리 당하지 않는다."

"어디로 사라졌었어?"

"저쪽에."

연달아가 가리키는 곳은 지하실 반대쪽의 어두컴컴한 구석이다.

그는 텐쵸오의 손끝이 가슴에 닿으려는 순간에 마음속으로 피해야 한다고 생각했었다.

그리고 그것이 전능을 일으켜서 찰나지간 지하실 구석으로 공간이동을 했던 것이다. 그 한 번으로 그는 공간이동을 할 수 있게 되었다.

텐쵸오의 공격을 피하느라 한 번 공간이동을 했던 그는 다시 침대 옆으로 돌아오기 위해서 자신의 의지만으로 공간이동을 하여 되돌아왔다.

텐쵸오는 피투성이가 된 얼굴로 연달아를 보며 중얼거렸다.

"이제는 공간이동까지 마음대로 할 수 있게 되었구나."

고선우가 텐쵸오를 보며 중얼거렸다.

"너에게 묵인자는 신이겠지?"

"그렇다. 아버님은 인간들이 믿는 그 어떤 신들보다 위대하신 분이다."

텐쿄오는 찢어지고 터진 입에서 피를 뚝뚝 흘리면서도 의기양양한 미소를 지었다.

고선우는 빙그레 미소 지으며 연달아를 가리켰다.

"이제 머지않아서 이분께서 묵인자보다 더 위대한 런너가 되실 것이다."

그 말에 고방아와 연연화는 눈부신 듯 연달아를 바라보았다.

하지만 텐쿄오는 가소롭다는 듯 비죽비죽 웃었다.

"후후. 이놈은 그전에 죽을 것이다."

"너는 이분이 누군지 아느냐?"

"……."

고선우는 방금 전의 텐쿄오보다 더욱 의기양양한 표정을 지었다.

"들어는 봤겠지? 무한(無限)런너라는 말을?"

"설마……."

텐쿄오의 통통 부은 두 눈이 찢어질 듯이 커졌다.

"무한런너……."

무한런너라는 말은 연달아도 들어보지 못했다. 그러므로 당연히 그것이 무슨 뜻인지 모른다.

고방아의 아버지 보장태왕을 광런너라고 하는 것을 들은 적이 있다.

하지만 런너라는 이름 앞에 빛 '광(光)' 자가 붙은 것이 무엇인지 모른다. 빛처럼 빠르다는 뜻일 것이라고 짐작 정도는 했었다.

고방아가 USP 소음기 총구를 텐쵸오의 이마에 붙인 채 연달아에게 냉랭하게 말했다.

"어서 이년 제압해."

연달아는 수행자를 어떻게 제압하는지 모른다. 하지만 염려하지 않았다. 여태까지의 경험으로 미루어 닥치면 다 하게 되어 있다.

텐쵸오의 피투성이 얼굴에 얼핏 공포가 떠올랐다. 이제 연달아가 손을 그녀의 왼쪽 가슴에 대면 그녀는 가디언의 모든 능력을 잃어버리게 되는 것이다.

하지만 텐쵸오는 고방아의 USP 총구가 이마 한가운데를 찌르고 있기 때문에 꼼짝도 하지 못했다.

그녀의 총에 맞아봤기 때문에 은탄을 사용한다는 사실을 알고 있다.

거기에 맞으면 그녀는 즉사하고 만다. 그래도 죽는 것보다는 제압당하는 쪽이 낫다.

슥—

연달아의 커다란 오른 손바닥이 붉은 원피스 위로 텐쵸오의 왼쪽 유방 안쪽에 닿았다.

“흑!”

텐쵸오는 부지중에 급히 숨을 몰아쉬었다. 그리고 두 눈이 점점 커지기 시작했다.

연달아의 손바닥이 지그시 그녀의 유방을 짓눌렀다. 그가 여자의 풍만한 유방을 만지고 있다고 생각하는 사람은 아무도 없었다.

텐쵸오는 두 눈이 공포에 질렸으면서도 입으로는 침을 튀기면서 저주를 퍼부었다.

“이 개자식아! 죽어서 귀신이 돼서라도 네놈을 저주할 것이다! 아버님께서 네놈을 용서할 것 같으냐?”

연달아는 손바닥을 통해서 텐쵸오의 가슴에 약간의 전능을 주입했다.

펵!

다음 순간 그의 손바닥 아래쪽, 그러니까 텐쵸오의 심장에서 물을 잔뜩 넣은 풍선이 터지는 듯한 소리가 났다.

텐쵸오의 두 눈이 화등잔처럼 커졌고 입을 너무 크게 벌려서 목젖까지 보였다.

그리고 그녀의 얼굴에 가득 떠오른 것은 마치 심장에 칼이 꽂힌 듯한 표정이었다.

“하아……”

그러더니 그녀는 긴 한숨을 내쉬며 몸이 축 늘어졌다. 얼굴에서 생기가 사라지고 그저 피투성이의 볼품없는 초라한 모습이 되었다. 그녀는 한순간에 런너의 제1수행자 가디언에서 보통 여자가 된 것이다.

연달아가 손을 떼자 고선우가 공손히 말했다.

"애쓰셨습니다. 이제는 제가 텐쵸오를 심문할 테니 올라가셔서 쉬십시오."

연달아가 고개를 끄덕이고 돌아서려는데 갑자기 텐쵸오가 고통스러운 신음소리를 냈다.

"아아……."

고방아가 텐쵸오의 하체를 가리키며 눈살을 찌푸렸다.

"어떻게 된 거지?"

누워 있는 텐쵸오의 사타구니 안쪽에서 시뻘건 피가 콸콸 쏟아지고 있었다.

그녀가 입은 원피스는 무릎 위 한 뼘쯤 되는데 피가 금세 그녀의 허벅지와 침대시트를 새빨갛게 물들였다. 그것은 누가 보더라도 그녀의 음부에서 피가 쏟아지고 있다는 것을 알 수 있었다.

그녀는 런너인 연달아에게 사타구니를 걷어차였었다. 하지만 가디언인 그녀조차도 그것을 치료하지 못하고 간신히 버티고 있는 정도였다.

그런데 가디언의 능력이 사라져 버린 지금 그녀는 보통사람이나 다름없는 신체를 지니게 되었다. 그러므로 음부의 상처가 갑자기 터져 버린 것이다.

하지만 연달아를 비롯한 네 사람은 물끄러미 텐쵸오를 지켜보기만 할 뿐이다.

텐쵸오를 치료하려면 연달아가 손을 직접 그녀의 음부에 대야만 한다.

그가 제 궤도에 오르게 되면 손을 대지 않고서도 치료가 가능하지만 지금은 아니다.

연달아를 제외한 세 사람은 그렇게 해서라도 텐쵸오를 살려야 한다고 생각했다.

이쪽 진영, 즉 연달아를 중심으로 한 런너의 시스템은 이제 막 발동을 걸고 출발한 상황이다.

그런 상황에서 텐쵸오라는 거물을 제압했는데 이대로 죽게 내버려 둘 수는 없는 것이다.

그것을 모를 리 없는 고방아다. 하지만 이상하게도 연달아가 텐쵸오의 음부에 손을 댄다는 사실이 싫었다.

불결하게 느껴졌다. 왜 그런 느낌이 드는 것인지는 생각하고 싶지 않았다.

"뭐해? 이넌 죽게 내버려 둘 거야?"

고방아는 필요 이상으로 쌀쌀맞게 말하면서 연달아를 쳐다보았다.

연달아는 텐쵸오를 살리라고 말하면서 고방아의 눈빛이 얼음처럼 차갑게 변한 이유를 알지 못했다.

고방아와 연연화, 고선우는 연달아를 혼자 지하실에 남겨 두고 나가 버렸다.

고선우와 연연화가 지하실에 있는 텐쵸오와 제5수행자 솔저를 심문하고 있는 동안 연달아와 고방아는 이층 테라스에서 한가하게 커피를 마시고 있었다.

연달아는 커피를 마시면서 깊은 생각에 잠긴 얼굴로 호수를 바라보고 있다.

그의 머릿속에서 연정토의 말이 쟁쟁거리면서 울렸다.

"이리가수미님과 폐하의 원대한 계획은 21세기에 고구려제국을 이룩하는 것입니다."

그 계획을 실행하는 시기는, 보장태왕이 2012년 대한민국으로 돌아와서 연달아와 합세하게 되는 때라고 이리가수미가 말했다고 한다.

그런데 보장태왕이 아직 돌아오지 못하고 있다. 고구려에서 대체 무슨 일이 벌어지고 있는지, 어쩌면 그가 위험에 처한 것은 아닌지 짐작조차 할 수가 없는 상황이다.

연달아가 고구려로 가서 보장태왕을 도울 수만 있다면 그렇게 하고 싶다.

하지만 방법을 모른다. 그는 아직 여러 면에서 미숙하다. 또한 연정토는 그가 보장태왕을 도와야 한다는 말은 하지 않았다.

아마 연정토도 현재 보장태왕이 어떤 상황인지 모르기 때문일 것이다.

더구나 고구려에 있는 보장태왕이 어떤 방법으로 연정토하고 연락을 취하는지 연달아는 모르고 있다.

그것뿐이 아니다. 현재의 연달아는 모르는 것투성이다. 알아야 할 때가 되면 연정토가 말해주겠지만, 연달아는 모든 것이 답답하기만 했다.

그는 호수를 바라보며 커피 잔을 입으로 가져갔다. 그제야 그는 처음으로 커피의 맛을 느꼈다. 여태까지는 맛도 모르고 무의식적으로 마셨던 것이다.

커피의 맛은 묘한 맛이다. 구수하면서 쌉쌀하고 또한 달콤했다. 이것과 비슷한 것을 먹어본 적이 없으므로 다른 것하고 비교도 할 수가 없다.

"커피라는 거야."

"커피?"

커피 잔을 들여다보고 있는 연달아를 보면서 고방아가 가르쳐 주었다.

"정확하게는 커피믹스라고 해. 일명 다방커피."

"맛있군."

고방아는 연달아가 커피를 홀짝거리면서 마시는 것을 보며 뜬금없이 물었다.

"나 없어도 잘할 수 있겠어?"

연달아는 무슨 말이냐는 듯 그녀를 쳐다보았다.

"만약 내가 경찰을 계속하면 당신 혼자 해야 하는데, 잘할 수 있겠느냐고."

연달아는 커피 잔을 내려놓고 꼿꼿하게 앉아서 고방아를 주시했다.

"내가 미지의 먼 길을 떠나려는 이유는 그대와 함께 목적지에 도착하기 위해서다. 그러나 그 길을 그대가 함께 가지 못한다면 처음부터 출발할 이유도 없다."

사실 고방아는 연정토의 말을 듣고 경찰을 계속하느냐 그만두느냐를 놓고 혼자서 고심하고 있었다.

어렸을 때 아버지로부터 버림을 받고 보육원에서 성장한 그녀가 20년 세월 동안 이루어놓은 것은 대한민국 여자경찰이 되었다는 것 하나다. 누구의 도움도 받지 않고 이룩한 자랑스러운 성과다.

그러므로 경찰을 그만둔다는 것은 그녀가 평생토록 이룬

것을 포기한다는 뜻이다.

고구려의 고토회복도 중요하고 또 그녀가 장차 그 제국의 여황이 된다는 사실은 자못 흥미롭다.

하지만 그것은 지금으로서는 전혀 실감나지 않는 먼 이야기일 뿐이다.

고방아에게는 어쩌면 그것이 종교적인 느낌일 수도 있다. 기독교인이 죽으면 천당에 간다, 라는 사실을 맹목적으로 믿고서 모든 것을 팽개친 채 열심히 예수만 믿는다, 라는 식의 이야기인 것이다.

그리고 그 종교의 구세주로 나타난 사람이 연달아다. 먼 옛날에 그녀의 정혼자였으며, 그녀와 깨가 쏟아지는 신혼살림을 했었다는 남자다.

그리고 그녀의 왼쪽 허벅지 깊은 곳에 문신을 새겨준 남자이기도 하다.

그러나 고방아는 방금 연달아가 한 말을 듣고 가슴 한쪽이 저리는 것을 느꼈다.

"그러나 그 길을 그대가 함께 가지 못한다면 처음부터 출발할 이유도 없다."

구구한 설명을 할 필요 없이 연달아의 심정을 간명하게, 그리고 정확하게 내보여 준 말이다.

이렇게까지, 이 정도로 나를 사랑하는 남자가, 아니, 사람이 예전에 누가 있었던가.

아무도 없었다. 그녀의 기억으로는 그 누구도 연달아만큼 그녀를 사랑해 주지 않았다.

믿을 수 없게도 그는 그녀가 자신을 사랑하는 것보다 더 그녀를 사랑하는 것 같았다.

이 남자의 사랑은 측량한다는 자체가 불가능하다. 그 어떤 기구로도, 그리고 그 어떤 단위로도 이 남자의 사랑은 잴 수 없을 것이다.

그래서 고방아는 연달아만 보면, 그리고 그의 끝없는 사랑을 느낄 때면 어김없이 샘솟는 의문을 또다시 해본다.

"내가 그렇게 좋아?"

그러면 이 남자는 여지없이 매우 진지한 표정을 짓는다.

"그래."

단지 '그래' 라는 한마디가 고방아에겐 그 어떤 표현이나 비유보다 확고부동한 약속이 된다.

어쩌면 그녀는 의문이 아니라 다시 한 번 연달아의 사랑을 확인하고 싶었는지도 모른다.

"알았어."

경찰을 그만두겠다 어쩌겠다 말도 없이 고방아는 가볍게

고개를 끄덕였다.

연달아가 커피 잔을 내밀었다.

"한 잔 더 마실 수 있을까?"

"앞으로는 직접 타 먹어."

그러면서 그녀는 전기포트로 물을 끓이는 것과 커피믹스를 타서 커피를 만드는 법을 가르쳐 주었다.

쿠투투투—

고방아의 할리데이비슨이 춘천가도를 서울 쪽으로 시원하게 달리고 있다.

그녀는 고선우와 연연화가 텐쵸오와 솔저를 심문하는 시간이 길어지자 문득 볼일이 생각나서 20분 전에 연달아를 데리고 청평의 별장을 출발했다.

그녀는 연달아의 말을 듣고 경찰을 그만두기로 마음속으로 결심했다.

그 대신 짬짬이 사립탐정 일은 계속해 볼 생각이다. 물론 본업이 한가할 때만 할 생각이다.

사립탐정이 되기 위해서는 PIA사설정보관리사 자격증을 소지하고 있어야 하는데 그녀는 일찌감치 자격증을 따두었다. 그녀는 그 외에도 여러 개의 자격증을 지니고 있다.

지금 그녀가 가고 있는 곳은 직지파 보스 신직지가 말해준 블랙스파이더의 아지트다.

텐쵸오를 잡아서 감금한 상황에서는 블랙스파이더가 더 이상 의미가 없을 수도 있다.

하지만 고방아는 아직 해결하지 못한 일이 있다. 박미진 강간폭행사건이다.

또한 그녀는 박미진의 남자친구인 동시에 범인일 가능성이 높은 박동철이 블랙스파이더의 일원이고, 그가 텐쵸오의 3수행자 디스트로이어의 차를 운전하다가 경찰특공대에 의해서 사살되었다는 사실이 어쩌다가 우연히 일어난 일이라고는 생각하지 않았다.

세상에는 수많은 우연이 있지만, 박동철과 디스트로이어의 연관은 절대로 우연일 리가 없다.

고방아는 연연화와 고선우에겐 아무 말도 하지 않은 채 별장을 나왔다.

그들이 텐쵸오와 솔저를 심문하는데 너무 오래 걸리고 있었으며, 고방아는 어딜 다녀오겠다고 일일이 보고할 정도로 친절한 성격이 아니다.

물론 연달아는 할리의 탠덤자가 되어 고방아와 함께 한 몸처럼 드라이브를 즐기고 있다.

"한 번 라이더가 돼볼래?"

대성리쯤 왔을 때 고방아가 연달아를 힐끗 돌아보며 묻고는 그의 대답을 듣지도 않고 길가에 할리를 세웠다.

연달아는 아무렇지도 않다는 듯 내렸다. 고방아가 할리 타는 법을 가르쳐 준다면 기꺼이 배울 생각이다.

고방아는 연달아에게 할리 운전에 필요한 기초지식들을 차근차근 설명했다.

시동 거는 것과 기어변속, 엑셀레이터와 브레이크, 방향지시등 따위 사용법을 빼놓지 않고 설명한 후에 다시 물어보니까 연달아는 세세한 것 하나까지도 완벽하게 기억하고 있다가 대답했다.

"할 수 있겠어?"

"해보마."

고방아는 자기가 먼저 시범을 보이려고 했는데 연달아가 말릴 새도 없이 할리에 올라앉았다.

고방아는 어떻게 하나 보려고 옆에서 팔짱을 끼고 지켜보는데 연달아가 그녀를 힐끗 쳐다보았다.

"왜 타지 않느냐?"

"뭐?"

고방아가 어이없다는 표정으로 한마디 하려고 하는데 연달아는 이미 시동을 걸고 있다.

쿠드등!

고방아는 연달아가 어떻게 하나 보려고 냉큼 뒤에 탔다. 그러면서 그가 단 한 번 설명을 듣는 것만으로 할리를 출발시킬 수는 없을 것이라고 생각했다.

할리는 운전석이 낮고 뒤 탠덤석이 높다. 그래서 연달아가 뒤에 탔을 때에는 두 손으로 고방아의 어깨를 잡는 것이 편한 자세였다.

하지만 연달아가 운전석에 앉으니까 키가 워낙 커서 고방아가 그의 어깨를 잡으려면 손을 위로 뻗어야만 했다.

그렇다고 그의 허리를 안는 것은 있을 수 없는 일이다. 고방아는 할리의 탠덤자가 돼본 적이 없으므로 뒤에서 누군가의 허리를 안아본 적이 없었다.

"간다."

쿠투투퉁!

연달아는 짧게 한마디 하고는 할리를 출발시켰다.

'웃!'

고방아는 그가 갑자기 급출발하는 바람에 상체가 뒤로 확 젖혀지자 깜짝 놀라서 자신도 모르게 급히 두 팔로 그의 허리를 안으며 얼굴을 등에 묻었다. 헬멧을 쓰지 않았다면 얼굴이 그의 등에 파묻혔을 것이다.

부타타타타—

그녀가 뭐라고 한마디 하려는데 할리가 속도를 높이며 주행차선으로 들어서고 있다.

‘뭐하는 거야?’

고방아는 그의 등에서 상체를 떼며 급히 주위를 둘러보다
가 깜짝 놀랐다.

할리는 어느덧 주행차선에 들어서서 시속 60㎞ 정도의 속
도로 정속주행하고 있었다.

할리 전후방의 차들도 일정한 거리를 유지하고 있다. 뭐라
고 나무랄 데 없는 유연한 운전이다.

지금 연달아가 보여주고 있는 운전 실력은 한 번도 할리를
몰아본 적이 없는 사람이라고는 절대 믿을 수 없을 정도로 완
벽했다.

오히려 큰 키에 강인한 체구, 길고 튼튼한 두 팔로 핸들을
잡으니까 고방아 때보다 더 안정적인 것 같았다.

연달아가 아무리 뛰어난 능력이 있어도 설명만 듣고는 할
리를 능숙하게 운전하지 못한다.

몇 차례 탯덮자가 되어 고방아아 한 몸이 되었던 깃이 큰
도움이 되어주었다.

고방아는 연달아의 등을 두 손바닥으로 밀면서 상체를 곧
추세웠다.

바로 뒤에서 보니까 생각했던 것보다 연달아의 어깨와 등
이 매우 넓고 크게 느껴졌다.

그래서 전방이 전혀 보이지 않았다. 하지만 그래도 상관없

다는 생각이 들었다. 그만큼 그의 등은 넉넉한 안정감을 주고 있었다.

고방아는 자세가 불편함을 느꼈다. 연달아가 탠덤자였을 때에는 키가 크기 때문에 두 손으로 고방아의 양 어깨를 잡아서 자세를 안정시킬 수가 있었다.

또한 남자는 신체가 일자로 꼿꼿하기 때문에 그것만으로 몸을 지탱할 수 있다.

그러나 여자의 몸은 남자와 다르다. 여자를 옆에서 보면 몸이 많이 휘어 있다는 것을 알 수 있다. 가슴은 앞으로, 히프는 뒤로 빠진 S라인이다. 특히 고방아 같은 글래머의 몸매는 더욱 그렇다.

탠덤자는 라이더와 한 몸이 돼야지만 사고의 위험이 그만큼 줄어든다.

그런데 지금처럼 고방아가 두 손바닥으로 연달아의 등을 미는 것 같은 자세를 취하고 있으면 한 몸이 아니라 각자의 몸이 따로 놀게 된다.

커브에서는 두 사람의 몸이 분리될 것이다. 즉, 사고의 위험이 커질 수밖에 없다.

그것을 누구보다 잘 알고 있는 고방아는 어쩔 수 없이 두 팔로 연달아의 허리를 안았다.

조금 전에는 놀라서 엉겁결에 안았지만 지금은 그녀의 의지에 따라서 안은 것이다.

그렇게 하니까 뒤로 쑥 빠졌던 히프도 앞으로 당겨져서 연달아와 밀착되었다.

'편하다…….'

서너 살 때 아버지가 그녀를 보육원에 맡기고 떠난 이후부터는 모든 일을 그녀 스스로 해결해야만 했었다.

원래는 부모가 해주어야 하는 일들까지도 온전히 그녀의 몫이었다.

노력하지 않으면 대가도 없다는 간단한 이치이자 냉정한 현실을 어렸을 때부터 배웠다.

아무리 작은 것이라도 그녀가 직접 몸을 움직이지 않으면 얻을 수가 없었다.

불과 며칠 전에 느닷없이 연달아가 나타나기 전까지만 해도 그녀의 삶은 그랬었다.

연달아의 등장은 그녀에게 많은 변화를 일으키게 했다. 그 중 가장 큰 것이 그녀의 무장해제다.

험난한 세상에서 혼자 살아가기 위해서 주의, 경계심, 철저함, 불신, 노력 따위로 철저하게 자신을 보호해야만 했던 그녀에게서 연달아는 그것들을 하나씩 버리도록 만들었다.

그러더니 그녀에게 예전에는 없었던 것들이 조금씩, 그리고 하나둘씩 생겨났다.

의지, 믿음, 안락함, 그리고 가슴속 깊은 곳에서부터 미미하게 싹트고 있는 알 수 없는 이상야릇한 감정.

지금도 그랬다. 고방아는 연달아의 믿음직한 몸을 두 팔로 꼭 안고 있으면서 의지와 믿음, 안락함, 그리고 이상야릇한 감정을 한꺼번에 느끼고 있었다.

'까짓것. 아무렴 어때? 나만 끄떡없으면 되지 뭐.'

그녀는 아무리 잘 드는 도끼로 백 번 천 번 찍어봐라 내가 부러지나 하는 다부진 마음을 먹었다. 그러면서도 편안함 때문에 스르르 눈을 감았다.

제23장

엽기적인

RUNNER
러너

　고방아는 길가에서 제일 먼저 눈에 띄는 이발소 앞에 할리를 세우게 하고 연달아를 데리고 이발소로 들어갔다.

　그의 머리카락은 장발이라고는 할 수 없지만 더벅머리에 들쭉날쭉해서 영 눈에 거슬렸다.

　잠시 후에 이발을 마친 연달아의 모습은 완전히 다른 사람으로 변했다.

　스포츠형보다 조금 길게 깎았는데 남자의 용모에는 눈곱만큼도 관심이 없는 고방아조차도 그의 모습을 보면서 감탄을 할 정도였다.

거기에 레이밴선글라스까지 척 끼니까 국내에서는 비교할 인물이 없고 외국의 미남배우인 레오나르도 디카프리오나 브래드 피트보다 훨씬 멋져 보였다.

연달아는 머리가 무척 짧아져서 어색해했지만, 고방아는 자기가 그의 코디나 된 것처럼 이리저리 둘러보면서 흐뭇한 미소를 지었다.

테헤란로 포스코사거리에서 멀지 않은 골목.

해장국집과 주점 따위가 있는 5층 건물 앞에 고방아의 할리가 세워져 있다.

5층. 연달아와 고방아는 엘리베이터에서 내려 좌우를 죽 훑어보았다.

이 건물은 100평 정도로 꽤 넓은 공간인데 5층에는 오른쪽 끝 창문 옆에 문이 하나뿐이다. 누가 5층을 통째로 사용하고 있다는 뜻이다.

저벅저벅.

지난번 광도파하고는 달리 이곳에는 복도를 지키는 건달들도 보이지 않았다.

슥—

연달아는 문손잡이를 잡고 밀었다. 그런데 잠겼는지 꼼짝도 하지 않았다. 그는 고방아를 쳐다보았다. '부술까?' 하고 묻는 표정이다.

고방아는 그를 한 대 때릴 것처럼 인상을 쓰면서 문을 당기라는 제스처를 해 보였다.

'당겨, 밥통아!'

연달아가 문을 당기니까 벌컥 열렸다.

그런데 먼저 들어간 고방아의 얼굴로 뭔가 큼직한 것이 쏜살같이 날아들었다. 그리고 동시에 누군가의 호통 소리가 터졌다.

"주문한 지가 언젠데 이제 기어와, 이 새꺄!"

텅!

고방아의 머리에 맞고 튕겨 나간 것은 빨간 플라스틱 휴지통이었다.

그 바람에 그녀가 쓰고 있던 레이밴선글라스 한쪽이 벗겨져서 삐딱해지며 인상을 쓰고 있는 한쪽 눈이 드러났다.

꽤 널찍한 실내의 오른쪽에 있는 소파에는 조폭 축에도 끼지 못할 듯한 양아치 같은 건달 칠팔 명이 모여서 포커를 하고 있다가 고방아와 연달아를 보고 '저것들은 뭐야?' 하는 표정을 지었다.

건달들은 지금 중국음식점에 주문한 배달을 기다리는 중인데, 고방아와 연달아가 배달원인 줄 알고 휴지통을 집어 던진 것이다.

휴지통을 머리에 얻어맞은 고방아의 지금 기분이 어떨지 건달들이 짐작할 리가 없다.

고방아는 선글라스를 똑바로 쓰고 나서 실내를 한 번 슥 훑어보더니 한쪽 벽에 세워놓은 야구방망이와 각목, 쇠사슬 등 20여 개 중에서 야구방망이를 집어 들고 건달들을 향해 걸어갔다.

"휴지통 던진 놈 잽싸게 튀어 나와라."

건달들은 묘한 표정을 짓고 있었다. 불쑥 들어온 연달아와 고방아의 외모로 봐선 영화배우 찜 쪄 먹을 것 같은데, 도대체 그들이 누구며 무엇 때문에 여기에 온 것인지 짐작도 하지 못하는 듯한 표정이다. 그러면서 한편으로는 가소롭다는 표정을 지었다.

"안 나오면 다 죽는다."

건달들이 우르르 일어나 건들거리면서 바닥에 침을 찍찍 뱉으며 고방아에게 다가왔다.

"예쁜 언니야. 오빠들 심심할까 봐 위문공연 온 거야?"

앞선 놈 하나가 바지주머니에 두 손을 찌른 채 피우던 담배를 어금니로 질경질경 씹으면서 이죽거리다가 안색이 확 변했다.

부웅!

고방아가 번개 같은 솜씨로 그놈의 머리를 겨냥하고 야구방망이를 휘두른 것이다.

뻑!

"왁!"

앞선 건달은 입에 담배를 문 채 거짓말처럼 픽 고꾸라졌다.

전국검도선수권대회 남녀통합 연2회 우승자인 고방아가 휘두른 야구방망이를 한낱 건달이 피할 수 있을 리가 없다. 그나마 그녀가 사정을 봐줘서 어깻죽지 등 쪽을 내려쳤기에 뼈가 부러지는 것을 모면했다. 하지만 그는 쓰러진 채 끙끙 신음소리를 내면서 일어나지 못했다.

"어? 저년이?"

"죽여!"

건달들이 벌떼같이 소리치면서 고방아에게 달려들었다.

이 정도는 고방아 혼자서도 충분하다고 생각한 연달아는 나서지 않고 고방아 뒤에 우뚝 서서 지켜보기만 했다.

고방아는 물러서기는커녕 오히려 그들에게 달려들며 마음껏 프리배팅을 했다.

"니들이 아주 죽으려고 몸부림을 치는구나."

퍽! 퍽! 퍽! 퍽!

그들은 달려들 때보다 더 빠르게 우르르 쓰러졌다. 날아드는 야구방망이를 제대로 보지도 못한 상황에서 어깨, 옆구리, 허벅지를 강타당하고 한꺼번에 나가떨어졌다.

실내는 갑자기 전쟁터 야전병원처럼 변해서 건달들의 신음소리가 가득했다.

고방아는 야구방망이로 바닥을 쿵쿵 찍으며 눈을 부라렸다.

"니들 대빵 누구야?"

그때 입구 반대쪽에 있는 또 다른 문에서 세 명의 건달들이 비죽거리면서 나왔다.

그들은 무슨 일을 하다가 나왔는지 땀범벅이고 팔을 걷어붙인 모습이다. 손에는 피도 묻어 있었다.

"뭐야?"

이들 무리 중에서 유일하게 정장을 입은 30대 중반의 사내가 앞장서 걸어오며 고방아와 연달아를 쳐다보았다.

고방아는 동네 강아지 대하듯 말했다.

"네가 블랙스파이더 대빵이냐?"

"넌 누구냐?"

왼쪽 뺨에 흉터가 있고 걷어붙인 오른쪽 팔뚝에 '의리'라고 조잡한 문신을 새긴 정장이 조금도 기죽지 않고 주머니에 손을 찌른 채 고방아에게 물었다.

"이 자식아! 네가 대빵이냐고 물었다!"

부웅!

고방아는 정장의 어깨를 향해 야구방망이를 날렸다.

하지만 그녀는 정장이 바지주머니에서 오른손을 재빨리 쑥 빼면서 자기를 가리키는 것을 보고는 급히 야구방망이를 멈추어야만 했다.

정장이 쭉 뻗고 있는 오른손에는 놀랍게도 권총이 쥐어져 있었다.

그리고 총구가 가리키고 있는 방향에는 놀란 표정의 고방아의 얼굴이 있었다.

블랙스파이더 같은 조무래기 조폭이 권총을 갖고 있을 것이라곤 예상하지 못했던 고방아다.

그러나 고방아의 얼굴이 금세 찌푸려졌다. 그녀는 야구방망이로 바닥을 쿵쿵 두드리며 못마땅한 듯 중얼거렸다.

"이거야 원. 세상이 어떻게 되려고 개나 소나 죄다 권총 갖고 설치는 거야?"

그녀는 같잖다는 듯 야구방망이 끝으로 정장의 권총 총구를 툭툭 건드렸다.

"너 이거 어디서 났냐? 암시장에서 샀냐?"

"이년이 죽으려고 호흡조절을 하는구나."

정장은 어이없다는 듯 인상을 벅벅 썼다. 하지만 권총을 발사하지는 않았다.

권총을 사용한다는 것은 살인을 한다는 뜻이고, 자기가 살인범이 된다는 의미다. 그는 지금 상황이 그 정도로 위급하다고 생각하지는 않았다.

더구나 그는 권총을 사용해 본 적이 한 번도 없었다. 그의 권총은 순전히 위협용이다.

고방아는 조금도 겁먹지 않고 야구방망이로 권총을 가리키며 어린아이 대하듯 했다.

"너 러시아제 토카레프TT는 안전장치 없는 싱글액션이라는 거 알고 있니? 까딱 실수하면 그냥 발사돼서 나 죽으면 너는 그걸로 신세 조지는 거야."

러시아제 권총들은 러시아 마피아들이 국내에 많이 밀반입해서 유통시키고 있기 때문에 암시장에서 요령껏 얼마든지 구할 수가 있다.

그러나 러시아 권총들은 조잡한데다 고장률이 높은 편이다. 하지만 국내에서 구할 수 있는 유일한 권총이 러시아제이고 또 싸다는 것이 매력적이다.

정장은 뭐 이런 웃기는 년이 있어? 하는 얼굴로 고방아를 쳐다보았다.

권총을 겨누고 있는데도 겁을 먹기는커녕 시답잖은 설교를 하고 있지 않은가.

순간 고방아가 야구방망이 끝으로 아래에서 위로 정장의 권총을 가볍게 쳐올렸다.

탁!

"헛?"

권총은 정장의 손을 떠나 허공에서 뱅글뱅글 돌며 고방아의 머리 위로 떠올랐다.

척!

연달아가 손을 내밀어 권총을 가볍게 잡더니 고방아에게 건네주었다.

정장과 그의 좌우에 서있는 건달들은 순식간에 역전된 상황에 크게 놀라서 어정쩡한 자세를 취했다.

고방아는 야구방망이를 왼손으로 옮겨 잡고 오른손으로 권총을 잡더니 정장과 건달들을 가리켰다.

"너 이 토카레프TT가 얼마나 위험한 물건인 줄 알고나 있는 거니? 당기면 그냥 나가."

그러더니 느닷없이 정장과 건달들의 발 앞쪽 바닥을 향해 방아쇠를 당겼다.

쾅! 쾅! 쾅! 쾅!

"으악!"

"우와앗!"

고막을 찢을 듯한 폭음이 잇달아서 마구 터지며 바닥에서 돌가루가 튀어 오르자 정장과 건달들은 비명을 지르며 난리를 피웠다.

툭!

고방아는 다 쏘고 난 권총을 장난감처럼 바닥에 내던졌다.

"게다가 토카레프TT는 겨우 여덟 발이야. 싸워볼 만하면 총알이 떨어지는 거야."

지익!

고방아는 이번에는 자신의 가죽점퍼를 열고 겨드랑이 벨트에서 시그자우어를 뽑아 정장을 겨누었다.

"이 정도는 돼야 권총이라고 할 수 있지. 안 그래 너?"

정장과 건달들은 바닥에 퍼질러 앉아 있는데 그들 중에는 오줌을 싼 놈도 있었다.

그들은 고방아가 오른손에 쥐고 있는 시그자우어와 그녀의 벌어진 점퍼 안쪽 허리벨트에 차고 있는 USP, 그리고 겨드랑이 벨트의 글록26을 보고는 기가 질려 버렸다.

그리고는 자신들이 오늘 임자 제대로 만났다는 불길함이 엄습했다.

저벅저벅.

고방아는 성큼성큼 소파로 걸어갔다.

"다들 이리 모인다. 실시."

건달들은 정장의 눈치를 보면서 슬금슬금 고방아의 뒤를 따랐다.

고방아가 소파를 넓은 쪽으로 돌려서 앉자 정장과 건달들은 그녀의 앞에 무릎을 꿇고 옹기종기 모여 앉았다.

고방아가 방금 전에 보여준 행동만으로도 블랙스파이더를 기죽이기에는 충분했다.

그녀는 시그자우어를 겨드랑이 벨트에 꽂고 긴 다리를 꼬면서 상체를 뒤로 젖히며 나태한 목소리로 명령했다.

"대빵, 앞으로 나와라."

정장이 무릎걸음으로 비죽비죽 앞으로 나오면서 고방아의 눈치를 살폈다.

고방아는 자신의 발끝에서 1미터쯤 거리에 무릎을 꿇고 앉아 있는 정장, 즉 대빵을 눈 아래로 보며 물었다.

"니들이 블랙스파이더냐?"

"네⋯⋯."

대빵은 기가 꺾일 대로 꺾여서 기어들어 가는 목소리로 대답했다.

"이름이 뭐냐?"

"나하석입니다."

"박동철 알지?"

"똥철이가 왜⋯⋯."

"이 자식이?"

"아, 압니다. 제 부하입니다."

나하석은 박동철이 죽었다는 사실을 아직 모르고 있는 것 같았다.

그때 고방아 옆에 팔짱을 끼고 서 있는 연달아가 불쑥 입을
열었다.

"잠깐."

고방아가 쳐다보자 그는 대빵 나한석에게 말했다.

"커피 마실 수 있겠소?"

나한석은 어리둥절한 표정으로 연달아와 고방아를 번갈아
쳐다보았다.

고방아가 발끝으로 내지를 듯한 자세를 취하며 가볍게 인
상을 썼다.

"냉큼 타와."

건달 하나가 벌떡 일어나더니 한쪽 구석에 있는 간이주방
으로 부리나케 달려가 물을 끓이기 시작했다.

고방아는 다시 심문을 계속했다.

"박동철이 왜 쪽바리 운전수가 된 거냐?"

"광도파가 운전 잘하는 똘마니 한 명 보내달라고 해
서……."

"그런데 왜 하필 너희에게 부탁한 거지?"

"저희가 이 근처에서 발레파킹하고 대리운전, 렌트카 사업
을 하고 있어서 그랬을 겁니다."

그 정도면 광도파가 어째서 블랙스파이더 같은 잔챙이에
게 일을 부탁했는지 설명이 충분했다.

이제는 본론이다.

"박미진 알지?"

"박미진이 누구…….."

나한석은 의아한 표정을 지었다.

"박동철 애인 몰라?"

"아…….."

"누가 박미진을 그렇게 만들었냐?"

"그건…….."

나한석은 대답하지 못하고 어물거렸다. 그러면서 조금 전에 자기가 나온 문 쪽을 힐끗거렸다.

누가 박미진을 성폭행하고 두들겨 팼느냐고 묻는데 왜 그쪽을 힐끗거리는 것인지 고방아는 의아했다. 하지만 거기에 뭔가 켕기는 것이 있으며, 그것이 박미진하고 연관이 있을 것이라고 짐작했다.

그때 건달이 종이컵에 커피 두 잔을 타서 양손에 들고 조심스럽게 다가왔다.

연달아는 커피를 받아 하나를 고방아에게 주고 자기 것에 코를 갖다 대더니 커피 향을 음미하는 표정을 지었다.

저벅저벅.

그런데 누군가 여러 명이 문밖 복도에서 걸어오는 소리가 들렸다.

그리고는 곧 문이 활짝 열리고 정장을 입은 사내 다섯 명이 우르르 몰려 들어왔다.

그들 중에서 앞장 선 사내가 고방아를 보더니 그 자리에 멈추고는 구십 도로 허리를 굽혀 인사를 했다.

"안녕하십니까? 신직지입니다."

직지파 보스 신직지였다. 그의 뒤에 나란히 선 네 명의 사내도 역시 구십 도로 인사했다.

나한석과 블랙스파이더 건달들은 난데없이 신직지가 나타나서 고방아에게 깍듯하게 인사를 하자 크게 놀랐다.

고방아는 의아한 표정을 지으며 신직지를 쳐다보았다.

"네가 여기는 웬일이냐?"

"고 경위님께서 이곳에 들어가셨다는 부하 말을 듣고 곧장 달려오는 길입니다."

신직지는 고방아의 계급을 정확하게 알고 불렀다. 그만한 정보통이 있다는 뜻이다.

"그래?"

그는 나한석과 건달들을 슥 보고 나서 고방아에게 공손히 말했다.

"이놈들에게 볼일이 있으시면 저에게 말씀하시지 직접 오셨습니까?"

"어… 그런가?"

고방아는 손가락을 까딱거렸다.

"직지야, 이리 와라."

"네."

동네 강아지를 부르듯 하는데도 신직지는 즉시 쪼르르 달려와 고방아 앞에 공손히 섰다.

어제 연달아와 고방아 등이 야쿠자인 광도파 보스 이하 부하들을 소탕해 준 덕분에 신직지는 빼앗겼던 모든 것들을 손도 대지 않고 고스란히 되찾을 수 있었다.

고방아가 무엇 때문에 광도파를 소탕한 것인지 이유는 알 수 없지만, 어쨌든 직지파는 그녀 덕분에 구사일생 부활하게 되었다.

그렇기 때문에 신직지로서는 고방아가 하나님보다 더 고마운 은인이었다.

"내가 경찰인 것은 어떻게 알았느냐?"

"조금… 조사를 해봤습니다."

고방아가 경찰 그것도 경위라는 말에 블랙스파이더 나한석과 부하들은 한층 더 기가 죽었다.

고방아는 신직지에게 박동철과 박미진에 대해서 간략하게 설명해 주었다.

"그런 일이 있었습니까?"

신직지는 인상을 쓰며 나한석을 슬쩍 째려보고 나서 공손히 말했다.

"고 경위님께선 가만히 계십시오. 제가 처리하겠습니다."

신직지는 그렇게 말하고는 돌아서더니 구둣발로 나한석의 가슴팍을 냅다 내질렀다.

퍽!

"끅!"

나한석은 뒤로 나뒹굴었다가 고통스러운 듯 온몸을 떨더니 곧 버둥거리면서 일어나 무릎걸음으로 원래 위치에 기어와서 이마를 바닥에 댔다.

"보스, 저는… 시키는 대로 했을 뿐입니다."

나한석은 광도파가 직지파를 몰아내고 강남 일대를 장악했다는 사실만 알고 있을 뿐이지, 고방아 덕분에 직지파가 다시 컴백했다는 사실을 아직 모르고 있었다.

신직지는 짓이기는 듯한 목소리를 내뱉었다.

"누가 뭘 시켜? 지금부터 아는 대로 다 토해내라."

직지파 아래에는 네 개의 하부조직이 있는데 블랙스파이더는 그중 하나다.

직지파를 몰아낸 광도파가 무슨 짓을 저질렀는지는 아직 밝혀지지 않았지만, 나한석의 입을 통해서 충격적인 어떤 사건의 전모가 드러났다.

블랙스파이더 두목 나한석은 한 달 전쯤에 광도파 보스에게 불려가서 하나의 명령을 받았다.

밑도 끝도 없이 무조건 여고생 한 명을 블랙스파이더 아지트에 데려다 놓으라는 명령이었다.

그런데 마침 박동철이 자기가 여고생을 사귀고 있다면서 그녀를 데려오겠다고 제안했다.

블랙스파이더에서도 잔심부름이나 하는 똘마니 신세인 박동철은 어떻게 해서라도 대빵에게 신임을 얻고 싶어서 안달이 난 상태였기 때문에 좋은 기회를 놓치고 싶지 않았다.

그래서 그날 밤에 박동철은 여친 박미진이 학원에서 끝나기를 기다렸다가 만났으며, 따라오지 않으려는 그녀를 억지로 납치하다시피 블랙스파이더 아지트에 끌고 왔고, 나한석은 광도파 보스에게 전화를 걸어 그 사실을 알렸다.

한 시간쯤 후에 광도파 보스가 보낸 조직원 두 명이 블랙스파이더에 도착했다.

그때까지도 나한석이나 박동철은 박미진에게 무슨 일이 일어날 것이라고는 전혀 예상하지 못하고 있었다.

광도파 조직원 두 명은 나한석과 박미진을 데리고 아지트에 딸려 있는 어느 방으로 들어갔다.

방에 들어가자마자 광도파 조직원 두 명은 박미진을 힘으로 억압해서 강제로 옷을 벗겼다.

놀란 박미진이 반항했으나 광도파 조직원들의 주먹다짐에

그녀는 곧 기절해 버렸다.

그런데 그때부터 나한석을 기절초풍시키는 엽기적인 일이 벌어졌다.

광도파 조직원 중 한 명이 갖고 온 가방에서 뭔가 이상한 물건을 꺼냈다.

그것은 마치 청소기처럼 생긴 모양인데 실제 청소기보다는 크기가 훨씬 작았다.

조직원 중 한 명이 벌거벗겨진 박미진의 두 다리를 활짝 벌리고 이상한 기계의 호스처럼 생긴 뭉툭한 끝부분을 그녀의 성기로 집어넣으려고 했다.

나한석은 크게 놀랐으나 그들을 제지하지는 못하고 그저 지켜보기만 했다.

호스의 끝부분이 숫처녀인 박미진의 성기에 잘 삽입되지 않자 조직원은 힘으로 쑤셔 넣었다.

그 바람에 그녀의 성기가 찢어지고 처녀막이 파열되어 피가 쏟아졌다.

고통 때문에 박미진이 깨어나 울부짖었으나 조직원이 주먹으로 몇 대 때려서 다시 기절시켰다.

구불구불한 1미터 길이의 호스는 어린아이 손목 정도 굵기였으며, 잠시 후에 그것의 끄트머리가 박미진의 성기 안으로 깊숙이 삽입되었다.

그리고는 다른 조직원이 청소기처럼 생긴 기계를 작동시
켰다. 기계는 낮은 소리로 웅웅거렸고, 박미진의 성기에 삽입
되어 있는 호스는 혼자 꿈틀거리면서 더 깊이 삽입됐고 또 드
릴처럼 회전을 했다.

나한석은 자기 눈으로 보고 있는 광경이 쉽사리 믿어지지
않았다.

도대체 이들이 무슨 짓을 하는 것인지 갈피를 잡을 수가 없
었다. 강간을 하는 것도 아니고, 그렇다고 포르노를 찍는 것
도 아니었다.

기계는 10분쯤 작동하다가 멈추었고, 박미진의 성기는 누
더기로 변했다.

조직원은 기계의 뚜껑을 열어 한복판에 있는 손가락 한 마
디 길이의 가느다란 유리앰플 하나를 꺼냈다.

그리고는 그것을 나한석에게 보여주면서 말했다.

"여고생의 몸에서 이걸 뽑아내는 거다. 이것을 갖고 오면
하나에 천만 원을 주겠다. 꼭 여고생이어야만 한다."

조직원은 나한석에게 하겠느냐고 물었다. 나한석은 자기
에게는 선택의 여지가 없다고 생각했다. 블랙스파이더의 목
숨 줄이 광도파 손에 쥐어져 있는데 하지 않겠다고 하면 어떻
게 되겠는가.

더구나 한 명당 천만 원을 준다는 것이다. 그만한 거금을

정말로 줄지 안 줄지는 모르지만 최소한 공짜로 해달라는 건
아닌 것 같았다.

그런데 광도파 조직원은 그 자리에서 박미진에게서 뽑아
낸 앰플 값이라면서 천만 원짜리 수표를 선뜻 내밀었다.

그리고 나서 조직원은 기계의 사용법을 자세히 가르쳐 주
었다. 나한석 같은 기계치도 금세 배웠을 정도로 사용법은 간
단했다.

호스의 뭉툭한 끝부분에는 미세한 구멍이 수없이 많았는
데 그것을 여자의 성기에 삽입한 다음에 기계 본체의 스위치
를 켜주면 된다.

그리고 나서 10분쯤 지나면 기계의 붉은 등이 깜빡이는데
그때 기계를 끄고 앰플을 꺼내면 되는 것이다.

조직원이 돌아간 후에 나한석은 박동철에게 박미진을 처
리하라고 지시했다.

박미진을 본 박동철은 크게 놀랐으나 한마디도 묻지 않고
그녀를 업고 나갔다가 한 시간 만에 돌아와서 내다 버렸다고
보고했다.

나한석은 그날 있었던 일을 부하들에게는 한마디도 말하
지 않고 혼자만 끙끙 고민했다. 이걸 해야 하느냐 말아야 하
느냐에 대한 고민이다. 하겠다고 말은 했지만 선뜻 내키지 않
았다.

그랬더니 그 다음날 광도파에서 전화가 와서 어떻게 됐느냐고 물었다. 나한석은 여고생을 물색하는 중이라고 얼버무렸다.

그런데 그 다음날 광도파에서 똑같은 전화가 또 걸려왔다. 결국 블랙스파이더를 해체하느냐 마느냐의 기로에 선 나한석은 여고생 납치를 실행하는 쪽으로 결정을 내릴 수밖에 없었다.

나한석은, 아니, 블랙스파이더는 그날부터 지금까지 박미진을 포함하여 다섯 명의 여고생을 납치해서 정체불명의 기계를 사용하여 여고생들의 성기를 파괴하면서 무엇인지도 모르는 앰플을 만들어 광도파에 넘겼다. 그리고 그때마다 꼬박꼬박 천만 원씩 도합 5천만 원을 받았다.

나한석의 이야기를 다 듣고 난 고방아는 기가 막힌다는 표정을 지었다.

그녀는 너무 화가 나서 어떻게 해야 할지 모를 정도다. 살면서 지금처럼 화가 난 적은 없었다.

이런 상황까지 이르러서 나한석이 거짓말을 꾸며댈 리는 없을 것이다.

자기 죄를 가볍게 하려고 거짓말을 하면 모를까 죄를 뒤집어쓰려고 없는 일을 만들어낼 바보천치는 아니다.

“이런 개새끼!”

열이 뻗친 신직지는 미친 듯이 나한석에게 발길질을 하고 짓이겼다.

"그만!"

고방아는 차갑게 소리쳐서 신직지를 멈추게 하고는 나한석을 앞세워 조금 전에 그가 부하들과 함께 나왔던 문을 열고 들어갔다.

그곳은 숙직실 같은 방이었는데 놀랍게도 침대에 17, 8세쯤 되어 보이는 알몸의 여자아이가 누워 있었다.

침대 바닥에 교복이 흩어져 있는 것으로 봐서 여고생인 것 같았다.

그런데 여자아이의 다리가 활짝 벌어져 있고 그녀의 성기에 어린아이 팔뚝 굵기의 검은색 호스가 꽂혀 있었다.

그리고 호스의 반대쪽 끝은 검은색에 둥글고 머리통만 한 크기의 기계에 연결되어 있는데 나직하게 웅웅거리는 소리를 내고 있었으며, 윗부분에 있는 빨간 등이 깜빡깜빡 점멸하고 있었다.

아까 나한석은 이곳에서 여자아이에게 작업을 하다가 나왔기 때문에 땀범벅에 두 손이 피투성이였던 것이다.

고방아의 찌푸린 시선이 여자아이의 성기로 향했다. 희고 뽀얀 허벅지 안쪽에 괴물의 주둥이처럼 굵고 시커먼 것이 깊숙이 꽂혀 있고 그 주변은 온통 피투성이였다.

저 무지막지한 것이 한 소녀의 꿈과 삶과 미래의 희망을 산산이 짓밟아 버렸다.

하얀 얼굴에 곱상하게 생긴 여자아이는 기절해서 축 늘어져 있는 상태다.

그러나 얼굴에는 공포에 질린 흔적이 역력하게 남아 있었고 또 눈물범벅이다.

기절하기 직전에 얼마나 무서워했는지 지금 그녀의 얼굴이 보여주고 있었다.

하지만 박미진처럼 때린 흔적은 보이지 않았다. 여자아이의 얼굴이나 몸은 깨끗했다.

"이 아이를 어떻게 한 거냐?"

고방아는 여자아이를 굽어보면서 조용히 물었다.

신직지에게 얻어터져서 얼굴이 피투성이가 된 나한석은 고방아 뒤에 고개를 푹 숙이고 있다가 더듬거렸다.

"마… 취시켰… 습니다……."

마취라니, 최초에 박미진을 폭행해서 기절시킨 것에서 진일보한 방법이다.

"기계를 멈추고 앰플이라는 것을 꺼내봐라."

고방아의 명령에 나한석은 눈치를 살피면서 주춤주춤 앞으로 걸어나와 기계의 스위치를 꺼서 작동을 멈추더니 뚜껑을 열었다.

겉보기에는 별것 아닌 것처럼 보였던 기계였는데 뚜껑이 열리자 내부는 눈이 번쩍 뜨일 만큼 정교했으며 최첨단 장치로 가득했다.

호스가 연결된 부분에는 여러 개의 여과장치 같은 것들이 있으며, 중앙 부분은 원심분리기처럼 생겼으며 한복판에 손가락 한 마디 길이의 작은 앰플이 있었다.

호스를 통해서 여자아이의 몸에서 무엇인가를 빨아내어 여러 차례 여과를 거쳐 원심분리를 시킨 후에 최종적으로 어떤 엑기스 같은 것을 한복판의 앰플에 모으는 원리인 것 같았다.

나한석은 앰플을 꺼내 바들바들 떨리는 손으로 고방아에게 내밀었다.

"이걸로 뭘 하는 거냐?"

고방아는 앰플 속의 불그스름하고 투명한 액체를 보면서 물었다.

"저는 모… 릅니다."

"이 아이까지 몇 명째냐?"

"여섯 명… 입니다……."

슥—

고방아는 아무 말도 하지 않고 앰플을 왼손에 쥐고 오른손으로 허리벨트에서 USP를 뽑아 소음기 총구를 나한석의 머리에 갖다 댔다.

"흐억!"

나한석은 사색이 되어 부르르 떨더니 털썩 무릎을 꿇었다.

"살… 려주십시오……."

고방아는 아까부터 너무 화가 치밀어서 돌아버릴 것 같은 것을 간신히 참고 있다가 드디어 폭발하고 말았다.

그녀는 눈을 부라리며 으르렁거렸다.

"이 개자식아! 아무것도 모르는 순진한 여고생을 여섯 명씩이나 이 지경으로 만들어놓고서 너는 살기를 바라는 거냐?"

"으흐흑. 잘못했습니다……."

나한석은 닭똥 같은 눈물을 흘리면서 이마를 바닥에 쿵쿵 찧으며 용서를 빌었다.

그때 신직지가 어금니를 힘껏 악문 채 나한석을 쏘아보며 중얼거렸다.

"고 경위님, 이놈 시체는 제가 처리할 테니까 마음대로 하십시오."

죽여도 괜찮다는 뜻이다. 그리고 그도 고방아만큼 분노하고 있다는 의미다.

실내에 정적이 흘렀다. 연달아도 묵묵히 서 있을 뿐 그녀를 말리지 않았다.

나한석은 엎드린 채 몸을 바들바들 떨면서 흐느끼고 있다.

고방아는 이를 악물고 권총을 쥔 손을 가늘게 떨더니 이윽고 권총을 거두며 긴 한숨을 토해냈다.

"휴우……."

그 한숨으로 분노를 억제하려는 듯했다. 며칠 전의 그녀였다면 이런 상황에서는 두 번 생각할 것도 없이 나한석을 죽여버렸을 것이다.

하지만 지금 그녀는 조금 변했다. 들끓는 감정을 냉철한 이성으로 다스릴 줄 알게 되었다.

제24장

투아(TWOA)

R U N N E R
런너

　고방아는 강남경찰서장 유도한에게 전화를 걸고 나서 신
직지에게 나한석과 블랙스파이더 놈들을 한 놈도 빼놓지 말
고 묶으라고 명령했다.

　여자아이가 있는 방에는 연달아와 고방아만 남았다. 그녀
를 이 상태로 놔둘 수가 없어서 어떻게든 손을 써야 할 것 같
았다.

　이곳은 사건현장이기 때문에 손을 대서는 안 되지만 고방
아의 생각은 달랐다.

　현장보존보다는 여자아이를 빨리 편하게 해주는 것이 급

선무라고 생각했다.

"좀 잡아줘."

고방아는 연달아에게 여자아이의 양쪽 허벅지를 잡으라고 이르고는 자기는 그녀의 성기에 꽂혀 있는 피범벅의 호스를 두 손으로 붙잡고 조금씩 힘을 주어 최대한 조심스럽게 뽑기 시작했다.

푹!

호스 앞부분의 둥글고 뭉툭한 호스가 뽑히자 여자아이의 성기에서 새빨간 피가 확 쏟아져 나왔다.

"개년……."

그걸 보면서 고방아는 입술을 씰룩이며 욕했다. 이 모든 것이 텐쵸오가 시킨 것이라 여기고 그녀를 욕한 것이다.

여자아이의 성기는 피투성이가 된 상태에서 커다란 구멍이 뻥 뚫려 있었다. 박미진의 파헤쳐진 성기하고 똑같은 모습이었다.

고방아는 여자아이를 물끄러미 굽어볼 뿐 이제부터는 어떻게 해야 할지 아무 생각도 나지 않았다.

여자아이는 마취가 된 상태니까 병원으로 옮긴 후에야 깨어날 것이다.

그리고 짓이겨진 성기 역시 병원에서 치료를 받아야만 할 터이다.

그래도 원상회복은 어려울 것이다. 하지만 그것보다는 그녀의 상처 입은 정신과 마음은 죽을 때까지 치료되지 않고 트라우마로 남아 그녀를 평생 동안 괴롭히게 될 것이다.

고방아는 문득 생각난 듯 연달아를 쳐다보았다. 그는 침대 옆에 서서 애잔한 표정으로 물끄러미 여자아이의 얼굴을 굽어보고 있었다.

"치료할 수 있겠어?"

연달아는 묵묵히 고개를 끄덕이고는 선글라스를 벗어 점퍼 안주머니에 넣고 나서 여자아이 옆에 걸터앉아 그녀의 짓이겨진 성기에 커다란 손바닥을 펴서 조심스럽게 덮었다.

고방아는 그 모습을 지켜보면서 흡사 자신의 성기가 짓이겨져서 연달아가 치료를 하고 있는 듯한 기분이 들었다.

스우.

그때 그녀의 눈이 조금 커졌다. 연달아의 손이 흐릿하게 빛나는 것을 발견했기 때문이다.

그녀는 그것이 연달아의 전능이 손을 통해서 여자아이의 성기로 주입되는 것이라고 생각했다.

잠시 후 연달아가 손을 떼자 여자아이의 성기는 말끔하게 치료가 되었다.

고방아는 자신의 눈으로 직접 보고서도 믿기 힘들었다. 방금 전까지 끔찍하게 짓이겨져 있던 성기가 잠깐 사이에 깨끗해진 것이다.

피 묻은 음모 속에 연분홍의 예의 그 나이 또래의 때 묻지 않은 성기가 수줍은 듯 자리 잡고 있었다.

연달아는 이번에는 여자아이의 이마에 손바닥을 대고 전능을 주입시켰다.

"아……."

오래지 않아서 여자아이의 창백한 얼굴에 홍조가 퍼지는 것 같더니 곧 눈을 떴다.

그런데 여자아이는 눈을 깜빡거리며 겁먹은 표정을 지을 뿐 누운 채 꼼짝도 하지 못했다.

고방아는 선글라스를 벗고 부드럽게 미소 지으며 그녀를 달래주었다.

"우리가 널 구했으니까 안심해라."

여자아이는 가만히 있으면서 뭔가 생각하는 듯하더니 잠시 후에 울음을 터뜨렸다.

"으흐흑. 저는… 학원에 갔다 오다가 납치됐었어요. 여기가 어디예요?"

"나쁜 놈들 소굴이야. 하지만 우리가 널 구했어. 이 오빠가 널 치료해 주었단다."

"저에게 무슨 일이 있었던 거죠? 어째서… 움직일 수가 없는 건가요? 힘이 하나도 없어요."

여자아이는 말하는 것이 힘든 듯 숨을 헐떡이면서 겁에 질린 표정으로 말했다.

고방아는 연달아를 쳐다보았다. 전능으로 치료를 했으면서 왜 여자아이가 움직이지 못하는 것이냐고 묻는 것이다.

연달아는 물끄러미 여자아이를 바라보다가 그녀의 성기를 쳐다보았다. 그리고 그때 무슨 생각이 났다.

"그걸 줘봐."

그가 손을 내밀자 고방아는 그가 달라고 하는 것이 앰플이라는 것을 알아차렸다.

앰플의 윗부분은 매우 가느다란 대롱이 0.5㎝가량 튀어나와 있는데, 액체를 주입할 수는 있어도 흘러나오지 않게 되어 있었다.

연달아는 앰플 속에 담겨 있는 붉으면서 투명한 액체가 여자아이의 몸에서 추출해 낸 몸의 정기(精氣)일 것이라고 추측했다.

사람의 몸에서 정기를 뽑아냈기 때문에 움직이지 못하는 것이 분명했다.

그래서 그것을 다시 그녀의 몸속에 넣어주면 원상태가 되지 않을까 생각한 것이다.

삭―

그가 앰플을 그냥 쥐고만 있는데 앰플의 윗부분이 칼로 벤 것처럼 싹둑 잘라졌다.

"이름이 뭐니?"

연달아가 여자아이에게 부드러운 목소리로 물었다.

"혜영이에요, 안혜영."

"내가 널 고쳐 주마."

연달아가 희미한 미소를 짓자 안혜영은 신기하게도 그를 믿을 수 있을 것 같은 마음이 생겼다.

"네."

그녀는 간절한 눈빛으로 연달아를 바라보았다.

"방아, 이걸 넣어줄 거다."

연달아가 고방아에게 앰플을 내밀어 보이자 그녀는 알았다는 듯 고개를 끄덕이고 나서 안혜영의 양쪽 발목을 잡고 벌리면서 위로 높이 치켜들었다.

"아……."

안혜영은 놀라서 연달아를 쳐다보았다.

연달아는 안혜영의 머리를 부드럽게 쓰다듬어 주었다.

"곧 좋아질 게다."

고방아가 안혜영의 두 다리를 자신의 양쪽 어깨에 걸치고 손가락으로 성기를 최대한 벌렸다.

연달아는 앰플의 액체를 성기 안으로 흘려 넣었다. 그리고는 손바닥으로 그녀의 성기를 덮어 전능을 주입하면서 다시 손바닥을 천천히 위쪽으로 쓰다듬어 올렸다. 앰플의 액체가 그녀의 온몸으로 퍼지도록 하는 것이다.

"하아……."

그때 안혜영이 긴 한숨을 토해냈다. 마치 물속에 오랫동안 잠수하고 있다가 수면 위로 얼굴을 내밀고 참았던 숨을 몰아쉬는 듯한 모습이다.

"이제 괜찮으냐?"

연달아의 온화한 물음에 안혜영은 두 팔과 다리, 그리고 머리를 움직여 보더니 환한 표정을 지었다.

"네."

"자. 일어나 보자."

연달아가 조심스럽게 일으켜 주자 그녀는 상체를 일으켰다가 갑자기 그에게 와락 안기며 울음을 터뜨렸다.

"으허엉! 고마워요……."

연달아는 안혜영을 안고 등을 토닥거렸다.

"이제 다 끝났다. 무서운 악몽을 꾸었다 생각해라."

"네……."

고방아가 도와줘서 안혜영이 교복을 다 입었을 때 밖에서 시끄러운 소리가 나더니 잠시 후에 양복 차림의 강남경찰서장 유도한과 두 명의 경찰이 방으로 들어왔다.

"고방아!"

고방아는 일어나서 거수경례를 했다.

유도한은 환한 표정으로 치하했다.

"골머리 썩이던 사건을 네가 깨끗이 해결했다! 정말 잘했다! 고방아 경위!"

"관내에서 일어난 여고생 납치성폭행사건이 모두 몇 건이었습니까?"

고방아는 상관을 보더니 예의 '습니까' 말투로 돌아갔다. 그녀는 블랙스파이더가 저지른 사건 외에 더 있을 것이라고 짐작했다.

광도파 밑에는 블랙스파이더를 비롯한 네 개의 하부조직이 있기 때문이다.

"스물세 건이었다."

고방아는 빈 앰플을 내보였다.

"혹시 지난번 광도파 검거 때 놈들 아지트에서 이런 것을 발견하지 않았습니까?"

유도한은 고개를 끄덕였다.

"놈들 금고에 이런 것들이 있었다. 그런데 이게 무슨 물건인지 몰라서 국과수에 보냈는데 아직 회답이 없다."

"모두 몇 개였습니까?"

유도한이 뒤를 쳐다보자 부관이 수첩을 뒤적이고 나서 대답했다.

“모두 스물여덟 개였습니다.”

고방아는 슬쩍 미간을 찌푸렸다.

“여고생 다섯 명이 사건을 신고하지 않았군.”

“무슨 소리냐?”

고방아는 연달아에게 안겨 있는 안혜영을 가리켰다.

“피해자는 저 아이까지 모두 스물아홉 명입니다.”

고방아는 유도한에게 앰플이 무엇인지에 대해서 설명했다.

즉, 앰플의 수와 납치된 여고생의 수가 일치하지 않는다는 뜻이다.

앰플에 대해서 알고 난 유도한은 자신의 귀를 의심하는 듯한 표정을 지었다.

“그런 엽기적인 짓을…….”

그는 어이없다는 표정으로 물었다.

“그런 걸 어디에 쓰려는 거지?”

“모르겠습니다. 하지만 텐쵸오가 지시한 것만은 분명합니다.”

“텐쵸오? 그녀가 광도파하고 연관이 있는 건가?”

“그렇습니다.”

고방아는 안주머니에서 꼬깃꼬깃 접은 종이를 꺼내 펼쳐서 내밀었다.

"광도파 보스에게 알아낸 겁니다. 텐쿄오가 장악한 국내 조폭조직들에 대해서 적혀 있습니다."

유도한은 종이에 빼곡하게 적힌 내용을 읽다가 어떤 사실을 깨닫고 크게 놀라는 표정을 지었다.

"그럼… 텐쿄오가 국내 전국의 조폭들을 장악한 이유는 앰플을 만들어내기 위해서였다는 건가?"

"그럴 가능성이 큽니다."

유도한은 고방아에게 빈 앰플을 받아 살피면서 얼굴을 찌푸렸다.

"도대체 이게 뭐기에……."

"서장님, 국과수에 보낸 앰플들을 회수해서 제게 주실 수 있습니까?"

고방아는 그 앰플들을 가지고 피해자들을 치료할 생각이다. 모르긴 해도 이번 사건의 피해자들은 안혜영이나 박미진처럼 식물인간이 되어 꼼짝도 하지 못하고 누워 있을 것이기 때문이다.

유도한은 의아한 표정을 지었다가 곧 고개를 끄덕였다.

"알았다."

고방아는 유도한이 두말없이 선선히 승낙하자 의외라는 표정을 지었다.

아무리 경찰서장이라고 해도 한 번 국과수에 보낸 증거물을 회수하기란 쉽지가 않다.

더구나 그것을 무조건 고방아에게 주겠다니 해가 서쪽에서 뜰 일이다.

그런데 유도한은 아예 한 술 더 떴다.

"내가 국과수에 연락해 둘 테니 급하면 네가 직접 거기에 들러서 찾아가라."

"그래도 됩니까?"

고방아와 연달아는 블랙스파이더의 아지트를 나와서 그 길로 곧장 국과수, 즉 국립과학수사연구원으로 갔다.

고방아는 유도한이 그렇게 말은 했지만 막상 국과수에서 앰플들을 되돌려 받는 것은 쉽지 않을 것이라고 예상했다.

그런데 뜻밖에도 그녀가 국과수에 도착하자마자 담당자가 기다렸다는 듯이 앰플을 내주었다. 더구나 휴대하기 간편하도록 어깨에 메는 멜빵가방에 넣어주었다.

연달아가 운전하는 할리 탠덤석에 앉아 국과수를 나오는 그녀는 한참 동안 이리저리 생각하던 끝에 한 가지 가능성을 찾아냈다.

'연정토. 그 사람 입김이 작용했을 거야.'

그녀는 연정토의 실제 신분이 무엇인지 모르지만 충분히 가능성이 있는 일이라고 생각했다.

고방아는 강남경찰서에 들러 유도한에게 다시 한 번 무리한 요구를 했다.

청담동여고생납치사건의 범인인 나한석을 잠시만 빌려달라고 한 것이다.

그런데 유도한은 그 부탁 역시 한마디도 하지 않고 들어주었다.

고방아는 나한석을 태운 경찰차를 뒤따라오게 하고는 연달아가 운전하는 할리를 타고 박미진의 집으로 향했다.

딩동~ 딩동~

고방아는 고급빌라 2층 어느 현관문 앞에서 벨을 눌렀다. 현관문이 열리기를 기다리는 동안 고방아와 연달아는 선글라스를 벗었다.

잠시 후에 수척한 모습의 50대 부인이 현관문을 열고 고방아를 발견하더니 기대 어린 표정을 지었다. 그녀는 박미진의 엄마였으며, 고방아가 딸의 인생을 망친 범인을 잡았기를 기대하는 것이다.

"어… 떻게 됐나요?"

그녀는 그렇게 물어놓고 고방아 뒤쪽을 보더니 깜짝 놀라는 표정을 지었다.

그곳에 얼굴이 퉁퉁 부어터진 나한석이 두 손을 앞으로 모아서 수갑을 찬 채 양쪽에서 두 명의 경찰에 의해 팔이 붙잡혀 있는 것을 발견한 것이다.

"저 사람이……."

부인은 나한석이 범인일 것이라고 직감했다.

고방아는 옆으로 비켜서며 나한석을 쳐다보았다.

"그렇습니다. 이놈이 범인입니다."

"아이고, 이놈아!"

부인은 갑자기 울음을 터뜨리면서 달려나가 주먹으로 나한석의 가슴을 마구 두드렸다.

"우리 미진이가 너한테 무슨 잘못을 했다고 그 어린 것을 그 지경으로 만들어놨느냐, 이놈아……."

나한석은 고개를 푹 숙인 채 아무 말도 하지 않았다.

"어머니! 비키세요!"

그때 집 안에서 갑자기 한 청년이 달려나오며 소리쳤다.

청년은 박미진의 오빠 박민호다. 달려나온 그는 모친을 옆으로 밀치면서 손에 쥐고 있던 칼로 나한석의 왼쪽 가슴을 힘껏 찔렀다.

"끅!"

나한석은 눈을 동그랗게 부릅뜨더니 그 자리에 풀썩 주저앉았다.

그의 왼쪽 가슴에는 사시미칼이 손잡이만 남긴 채 깊숙이 꽂혀 있었다.

박민호는 여동생이 그런 일을 당한 후에 사시미칼을 품속에 품고 범인을 찾아서 돌아다녔었다. 그만큼 범인에게 원한이 맺혀 있었다.

"민호야!"

부인은 그걸 보고 자지러질 듯 비명을 질렀다.

두 명의 경찰은 쓰러져 있는 나한석을 보고 놀라더니 재빨리 청년 박민호에게 달려들어 그를 제압했다.

그때 고방아가 연달아에게 슬쩍 눈짓을 해 보였다.

연달아는 주저앉아 있는 나한석 앞에 한쪽 무릎을 꿇고 마주 보고 앉아서 재빨리 그의 심장에 꽂힌 사시미칼을 뽑는 것과 동시에 손바닥으로 심장의 상처를 눌렀다.

그리고는 나한석의 팔을 잡고 일으켜 세웠다. 그는 옷에 사시미칼에 뚫린 자국만 있을 뿐 상처는 말끔하게 나았다. 순식간에 고통이 사라져 버린 그는 자신의 왼쪽 가슴을 보면서 어리둥절한 표정을 지었다.

고방아가 두 명의 경찰에게 명령했다.

"그를 놔줘라."

"경위님, 이 사람은 피의자를 찔렀습니다!"

"누가 누굴 찔렀다는 것이냐? 제대로 확인하고 말해라."

두 명의 경찰은 나한석이 멀쩡하게 서 있는 것을 보고 어리
둥절한 표정을 지었다.

경찰 한 명이 나한석의 가슴을 직접 더듬어서 살피더니 동
료 경찰에게 고개를 가로저었다.

"말짱해. 전혀 다치지 않았어. 그를 놔주게."

부인은 박민호를 안듯이 붙잡고 있다가 안도의 한숨을 내
쉬었다.

하마터면 아들이 살인범이 될 뻔했다. 딸은 식물인간이 되
어 누워 있고, 아들은 살인범으로 교도소에 갇히면 이 집은
그야말로 풍비박산되고 말 것이다.

박민호는 몹시 복잡한 표정으로 연달아와 나한석을 번갈
아 쳐다보았다.

그는 조금 전에 자기가 나한석을 찌른 사실을 정확하게 알
고 있다.

사시미칼이 나한석의 살을 뚫고 쑤셔 박히던 느낌이 아직
도 그의 손에 생생하게 남아 있다.

그런데도 나한석이 아무 상처도 없이 버젓이 일어났으니
믿어지지 않는 일이다.

박민호는 순간의 분노를 참지 못하고 사시미칼로 나한석
을 찔렀으나 지금은 그 행동을 후회하고 있다.

만약 나한석이 죽었다면 박민호는 그것으로 남은 인생을

망치게 됐을 것이다.

고방아는 두 경찰에게 명령했다.

"너희는 피의자를 서로 데려가라."

경찰들이 고방아에게 경례를 한 후 나한석을 데리고 계단을 내려가는 것을 보고 나서 고방아는 부인에게 물었다.

"미진이는 어떻습니까?"

부인은 한숨을 푹 내쉬면서 금세 눈물을 글썽였다.

"처음하고 똑같아요. 조금도 나아지지 않았어요. 얼마나 충격이 컸으면……."

"미진이를 보여주십시오."

부인은 고방아와 연달아를 안으로 안내했다.

부인과 박민호는 고방아와 연달아에게 몹시 고마워했다. 부인은 범인을 체포했다는 사실에 크게 한시름 덜어놓은 듯했다.

그녀의 모습은 이번 사건으로 인해서 10년은 더 늙어버린 것 같았다.

박미진은 자신의 방 침대에 누워 있었다. 고방아가 그녀를 처음 봤을 때와 별로 달라지지 않은 모습이다.

그런데 박미진은 눈을 뜨고 있었는데 어찌 된 일인지 눈물을 흘리고 있었다.

연달아와 고방아, 그리고 부인과 박민호는 침대 옆에 나란히 서서 박미진을 굽어보았다.

부인이 박미진 옆에 앉아서 머리를 쓰다듬으면서 눈물을 흘리며 중얼거렸다.

"범인이 잡혔다는 사실을 들은 모양이에요. 그래서 기뻐서 울고 있는 거예요."

현관문에서 일어났던 소란을 박미진이 들었다는 얘기다. 그렇다면 그녀는 깨어 있다는 뜻이다. 그런데 말도 못하고 움직이지도 못하는 상태다.

부인은 눈물을 흘리면서 슬퍼하고, 박민호는 입술을 깨물며 주먹을 쥐었다 폈다 하며 분을 참지 못했다. 범인은 잡혔지만 여동생은 여전히 깨어나지 못하는 것이 불공평하다고 생각하는 것이다.

고방아는 연달아를 가리키며 엄마에게 말했다.

"이 사람이 미진이를 치료할 겁니다. 두 분은 나가서 기다려 주십시오."

"이분은 의사인가요?"

부인은 의아한 표정으로 연달아를 쳐다보았다.

"엄마, 나가자."

그러자 박민호가 엄마를 데리고 나갔다. 그는 조금 전에 자기가 나한석을 찔렀는데도 멀쩡했던 것이 연달아가 어떻게 손을 썼기 때문일 것이라고 막연하게 생각하고 있었다.

그래서 어쩌면 연달아가 박미진도 치료할 수 있지 않을까 한 가닥 기대를 걸었다.

만약 연달아가 박미진을 치료한다면 조금 전에 나한석을 살린 것이 우연한 일이 아닐 것이다. 즉, 연달아가 기적을 일으켰다는 뜻이다.

연달아는 침대에 걸터앉아 박미진의 이마에 손을 얹었다. 그러자 잠시 후에 박미진이 눈을 깜빡이면서 길게 한숨을 내쉬었다.

"후우……."

연달아의 간단한 동작만으로 말을 할 수 있게 된 박미진은 자신의 이마에 손을 얹고 있는 연달아를 힘없는 시선으로 바라보았다.

"누구… 세요?"

깨어 있어도 움직이지 못하고 말도 못했던 그녀가 처음으로 입을 열었다.

"연달아라고 한다."

"저를 고쳐 주셨군요……."

"이제부터 너의 몸도 고쳐 주려고 한다. 괜찮겠느냐?"

박미진의 눈이 반짝거리면서 빛났다. 그녀의 눈은 연달아를 믿는다고 말하고 있었다.

“네.”

턱!

고방아가 침대에 멜빵가방을 내려놓으며 난감하다는 표정을 지었다.

“그런데 미진이 것을 어떻게 찾아내지?”

그녀가 멜빵가방에서 꺼낸 것은 탄띠 같은 긴 띠에 앰플들이 일렬로 꽂혀 있는 것이었다.

연달아는 고방아가 펼쳐 놓은 앰플띠로 손바닥을 펴서 그 위를 한 번 왕복했다.

그러자 스물여덟 개의 앰플 중에서 하나가 반짝반짝 빛을 발하기 시작했다.

“이거야?”

고방아가 그 앰플을 가리키자 연달아는 고개를 끄덕였다.

그녀는 앰플을 꺼내 두 손가락으로 잡고 박미진에게 보여주며 설명했다.

“이건 범인들이 네 몸에서 뽑아낸 거야. 이걸 다시 네 몸에 주입시키면 깨끗하게 치료될 거야.”

박미진은 아무 말도 하지 않고 앰플을 주시했다.

20분쯤 후에 치료가 끝났다. 고방아는 벗겨냈던 팬티와 바지를 박미진에게 입혀주었다.

박미진은 똑바로 누워서 눈을 감은 채 꼼짝도 하지 않았다. 얼굴이 노을빛처럼 발그레하게 물들었는데 그 이유가 잃어버렸던 정기를 되찾았기 때문만은 아니었다.

그녀의 성기에 앰플의 액체를 주입하느라 아랫도리를 발가벗기고 다리와 성기를 벌렸기 때문이다.

"이제 됐다."

연달아가 박미진의 머리를 쓰다듬는데도 그녀는 눈도 뜨지 않고 가만히 있었다.

"치료 안 된 거 아냐?"

고방아가 그녀를 보고 걱정스러운 표정을 지었다.

그녀의 말을 듣고 박미진이 살며시 눈을 뜨고는 기어드는 목소리로 입을 열었다.

"아니에요. 기분이 한결 좋아졌어요."

"일어날 수 있겠어?"

"부축해 주시면……."

박미진은 그렇게 말하다가 얼른 입을 다물었다. 바로 옆에 앉아 있는 연달아하고 눈이 마주쳤기 때문이다.

연달아는 부드럽게 미소 지으며 그녀를 부축해서 일으켜 주었다.

고방아가 부인과 박민호를 들어오게 했다.

방에 들어선 부인과 박민호는 박미진이 일어나 앉아서 연달아에게 안겨 있는 모습을 발견하고 깜짝 놀랐다.

"엄마… 오빠……."

박미진이 울면서 입을 열자 두 사람은 와락 눈물을 쏟으며 그녀에게 달려와 얼싸안았다.

"미진아!"

"저… 이거."

부인이 고방아에게 007가방 하나를 조심스럽게 내밀었다.

척—

고방아는 가방을 열어보고 조금 놀라는 표정을 지었다. 가방 안에는 5만 원권 지폐다발이 가득 들어 있었다.

"1억이에요. 미진이를 치료해 주실 줄 알았으면 더 준비했을 텐데……."

부인은 연달아와 고방아가 박미진을 치료하는 동안 아들 박빈호를 은행에 다녀오게 해서 사례비를 마련한 것이다.

고방아는 가방에서 지폐 두 다발 천만 원을 집어 가죽점퍼 안주머니에 찔러 넣고는 문으로 걸어갔다.

"아니, 왜?"

부인은 놀라서 가방을 들고 고방아를 따라왔다.

"왜 그러신 거죠? 적어서 그런가요?"

고방아는 제 가슴을 툭툭 두드렸다.

"이 정도가 적당합니다."

고방아가 현관문을 열려고 할 때 등 뒤에서 부인이 물었다.

"아까 경찰이 당신에게 '경위님' 이라고 부르던데, 당신은 경찰인가요?"

고방아와 연달아는 돌아섰다.

"이제는 아닙니다."

부인은 두 사람을 번갈아 보고 나서 조심스럽게 물었다.

"그럼 당신들 두 사람은 누군가요?"

연달아와 고방아는 서로의 얼굴을 마주 쳐다보았다. 그리고 나서 고방아가 대답했다.

"우린 사설탐정 투아입니다. T.W.O.A. 투아(twoA)."

"투아?"

고방아는 빙그레 미소 지었다.

"두 명의 '아' 입니다."

연달아와 고방아 둘 다 이름 끝 자가 '아' 다. 그리고 한문도 같다.

고방아는 그렇게 말하고 나서 문득 자신과 연달아 허벅지에 똑같이 문신으로 '雅' 가 새겨져 있다는 사실이 생각났다.

제25장

8개의 별

　며칠 전까지만 해도 고방아는 강남경찰서 교통지도계 소속으로 박미진 사건의 정보에 대한 접근권한이 없었으나 이제는 유도한의 승인하에 모든 형사사건에 접근하고 관여할 수 있는 권한이 생겼다.

　그래서 고방아는 여고생납치사건의 피해자들이 모두 박미진처럼 식물인간 상태라는 사실을 알게 되었다.

　그녀는 납치됐었던 피해 여고생들을 내일 정오까지 경찰병원에 모아달라고 유도한에게 부탁했다. 연달아에게 그녀들을 치료시킬 생각이다.

고방아와 연달아가 강남경찰서를 나서려는데 유도한이 입구까지 배웅을 나와서 그녀에게 넌지시 일러주었다.

"여고생연쇄납치사건은 청장님께서도 크게 관심을 가지셨던 사건이었다. 하지만 워낙 증거와 단서가 미비해서 하마터면 미제로 끝날지도 모르는 사건이었는데 네가 한 방에 후련하게 해결해 준 거야."

"그런데 그렇게 큰 사건을 어째서 저는 까맣게 모르고 있었던 겁니까?"

"언론에도 밝히지 않고 극비리에 수사했기 때문이야. 본서의 거의 모든 형사들이 그 사건에 매달렸었다."

고방아는 계단을 내려가며 쓴웃음을 지었다.

"강남경찰서의 역량이 그 정도입니까?"

"할 말 없다. 하지만 설마 조폭들 범행일 줄은 상상도 못했었다."

연달아가 능숙하게 할리 운전석에 앉자 고방아는 탠덤석에 올라앉았다.

"아마 청장님 직권으로 방아 너 일계급 특진 될 것 같다. 그리고 시경으로 복귀할 것이다."

"관심없습니다."

"인마. 경감 승진에 시경으로 복귀하는데도 관심없어?"

"내일 사표 제출하겠습니다."

쿠투투퉁―

크게 놀라는 유도한을 그 자리에 세워두고 할리는 유유히
강남경찰서를 벗어났다.

연달아와 고방아는 청평의 별장으로 가지 않고 원룸으로
돌아왔다.

원룸은 아직 자리가 잡히지 않아서 어수선한 느낌이 들긴
했지만 자신들의 보금자리라서 그런지 두 사람에겐 그 어떤
곳보다 편안하게 느껴졌다.

"씻고 나서 먹자."

고방아는 밖에서 사 갖고 들어온 초밥과 회, 만두 등 늦은
저녁식사를 탁자에 차리고 있는 연달아에게 한마디 툭 던지
고는 옷을 훌훌 벗고 브래지어와 팬티 차림으로 욕실로 들어
갔다.

연달아는 소파에 앉아서 거든을 조금 열어놓고 올림픽공
원의 야경을 물끄러미 응시했다.

고구려에서의 일들과 이곳에 와서 접했던 여러 가지 일들
이 밑도 끝도 없이 한꺼번에 우르르 머릿속에 떠올랐다.

하지만 그는 생각을 떨쳐 내려는 듯 가볍게 머리를 흔들었
다. 잡념은 말 그대로 잡념일 뿐이다. 중요한 것은 지금 현재,
그리고 미래다.

잠시 후에 샤워를 마친 고방아가 채 마르지 않은 머리카락을 수건으로 감싸고 젖은 알몸에 커다란 타월을 둘둘 말아 중요한 부위만 가린 모습으로 나왔다.

"맥주라도 마시고 있지 왜 멍하니 앉아 있어?"

연달아는 그녀를 보며 빙그레 미소만 지었다.

"지금 씻을 거야? 아니면 한잔하고 씻을래?"

그녀는 연달아의 맞은편에 털썩 앉더니 미끈한 두 다리를 잡고 끌어올려 책상다리로 만들었다.

그사이에 연달아는 냉장고에서 시원한 캔맥주 두 개를 갖고 와서 하나를 그녀에게 내밀었다.

고방아는 캔을 딴 뒤에 캔맥주를 쥔 손을 연달아에게 쑥 내밀었다.

캔을 따고 마시려던 연달아는 그게 무슨 뜻인지 몰라 묵묵히 쳐다보기만 했다.

"건배하자는 거야. 부딪쳐 봐."

툭!

"투아의 결성을 축하해!"

힘차게 소리친 고방아는 연달아가 가만히 있는 것을 보고 눈을 새초롬하게 만들었다.

"왜? 나랑 투아하는 거 싫어?"

"아니, 좋다."

“그럼 뭐라고 한마디 해. 가만히 있지 말고.”

툭!

고방아가 캔을 다시 내밀자 연달아가 캔을 부딪치며 굵고 나직한 목소리로 외쳤다.

“투아여! 영원하라!”

“영원 좋다! 푸하하!”

고방아는 남자처럼 호탕하게 웃고는 고개를 젖히고 맥주를 벌컥벌컥 들이켰다.

“크으… 좋다!”

“크으… 좋다!”

두 사람이 동시에 입에서 캔을 떼며 똑같은 감탄을 터뜨려 놓고는 어? 하는 표정으로 서로를 쳐다보았다. 그러다가 빙그레 미소 짓고는 다시 맥주를 마셨다.

문득 고방아는 연달아의 시선이 자신의 아랫도리로 향한 것을 발견하고 고개를 숙여 아래를 쳐다보았다.

팬티를 입지 않은 상태에서 타월로 가리기만 하고 책상다리로 앉았더니 타월이 약간 벌어져서 은밀한 부위가 보일 듯 말 듯한 상태가 되어 있었다.

“뭘 봐?”

고방아는 얼굴이 붉어져서 캔맥주를 연달아에게 던지는 시늉을 하며 얼른 타월을 당겨서 가렸다.

그런데 너무 힘을 준 탓에 가슴에 묶어놓은 타월 매듭이 풀려서 스르르 흘러내렸다.

그 바람에 크고 탱탱한 유방 한 쌍이 퉁 하고 얼굴을 내밀었다.

"미치겠네."

고방아는 얼굴을 찌푸리며 발딱 일어났다. 아무것도 가리지 않은 그녀의 알몸 앞모습이 적나라하게 드러났다.

고방아는 연달아가 빙그레 웃으면서 바라보자 홱 몸을 돌려 잽싼 걸음으로 옷장으로 걸어갔다.

그녀는 그리 서둘지 않으면서 브래지어와 팬티를 입는 동안에 이상한 생각이 들었다.

저기에 앉아 있는 사람이 만약 연달아가 아니라면, 그녀가 다른 남자 앞에서 벌거벗고 돌아다니는 일은 꿈속에서조차 상상할 수 없는 일이다.

그런데 도대체 왜 저 남자 앞에서는 벌거벗고 다니는 것이나 여자로서 부끄러워해야 마땅한 행동을 하면서도 아무렇지도 않은 것인지 모를 일이다.

아니, 아무렇지 않은 것은 아니다. 조금 부끄럽기는 하다. 하지만 수치스럽다는 생각은 들지 않았다.

오히려 그가 자신의 몸매를 예쁘게 봐주기를 조금쯤은 바라고 있는지도 모른다.

'설마 내가 그를 내 남자로 인정하고 있는 거 아냐?'

그런 생각이 번쩍 떠오르자 그녀는 깜짝 놀라 세차게 고개를 가로저었다.

'말도 안 돼!'

그녀는 브래지어와 팬티만 입은 채 냉장고에서 캔맥주 두 개를 꺼내 걸어가서 연달아의 맞은편에 앉았다.

트레이닝복을 입으려다가 반발심이 생겨서 입지 않았다. 까짓것, 나는 브래지어와 팬티만 입고도 이 남자 앞에서 아무렇지도 않을 수 있다는 묘한 심보가 작용했다.

조금 전의 고조됐던 분위기가 조금 가라앉아 두 사람은 묵묵히 맥주를 마시기만 했다.

그런데 고방아는 뭔가 느낌이 이상해서 연달아를 쳐다보다가 그가 자신의 허벅지 정확히 말하자면 왼쪽 허벅지 안쪽을 주시하고 있는 것을 발견하고 움찔 놀랐다.

그녀는 화를 내는 대신 고개를 숙이고 자신의 왼쪽 허벅지를 쳐다보았다.

뽀얗고 흰 허벅지 깊은 곳 팬티라인이 거의 닿은 부위에 문신으로 새긴 '雅'라는 글자가 선명하게 시야에 들어왔다.

보육원 시절에도 갖고 있었던 문신이다. 언제 누가 무엇 때문에 새겼는지도 모른 채 그녀는 지금껏 의문을 안고 살아왔었다.

“······.”

그 순간 고방아는 고압 전류가 자신의 몸을, 아니, 허벅지의 문신에서 시작되더니 순식간에 온몸으로 퍼지는 듯한 강렬한 느낌을 받았다.

그녀는 고개를 들어 연달아를 쳐다보았다. 그는 아무 말도 하지 않고 그저 담담히 미소만 짓고 있었다. 그런데 그의 표정이 마치 ‘그것 봐. 너는 내 여자 맞잖아’ 라고 말하는 것 같았다.

결국 고방아는 캔맥주를 연달아에게 집어 던지면서 소리쳤다.

“가서 샤워나 해! 이 화상아!”

샤워를 하던 연달아가 욕실 문을 살짝 열고 젖은 얼굴을 밖으로 내밀었다.

“방아, 이거 어떻게 사용하는 것이냐?”

그의 손에는 면도기가 쥐어져 있었다.

여전히 속옷 차림으로 소파에 앉아서 창밖을 내다보며 맥주를 마시고 있던 고방아가 그를 돌아보더니 캔을 탁자에 내려놓고 걸어왔다.

면도기 사용법은 몇 마디 말로 가르쳐 줄 수 있는 것이 아니라서 그녀가 직접 움직일 수밖에 없다.

　고방아가 욕실 안으로 들어오려고 하자 연달아는 문고리
를 잡은 손에 힘을 주며 버티면서 곤란한 표정을 지었다.
　"나 다 벗었다."
　"그게 뭐 어때서?"
　고방아는 태연하게 되받아쳤다. 연달아가 고방아의 알몸
을 여러 번 봤으니까 그녀도 그의 알몸을 보는 것쯤은 나쁘지
않다는 생각이 들었다. 꼭 봐야겠다는 것보다는 어떤 복수심
같은 것이다.
　"면도하기 싫어? 이건 직접 가르쳐 줘야 한다고."
　그녀는 연달아의 손에서 면도기를 뺏듯이 낚아채고는 강
제로 문을 밀고 들어갔다.
　욕실 안은 수증기가 뿌옇지만 앞이 보이지 않을 정도는 아
니었다.
　연달아와 마주 선 자세가 된 고방아의 시선이 자연스럽게
그의 하체로 향했다.
　성기를 보겠다는 게 아니라 허벅지에 문신이 있는지 확인
해 보려는 생각에서다.
　연달아의 하체 무성한 털 사이로 문신 같은 것이 언뜻 보였
다. 하지만 문신인지 아닌지 정확하지는 않았다.
　고방아는 조금 답답했다. 더구나 그녀는 뜨뜻미지근한 것
은 질색하는 성격이다.

그녀는 연달아의 앞에 쪼그려 앉으면서 손으로 그의 털을 한쪽으로 쓸고 눈을 똑바로 떴다.

있었다. 그의 왼쪽 허벅지에 '雅'라고 새겨진 문신이 선명하게 보였다.

그 순간 그녀는 왠지 모를 기묘한 동질감을 느꼈다. 마치 잃어버렸던 혈육을 만난 기분이다.

그리고 뾰족한 것으로 심장을 찔린 듯한, 하지만 몹시 기분이 좋은 그런 느낌이었다.

고방아는 복잡한 표정을 지으며 고개를 들고 연달아를 올려다보았다.

그런데 그는 적잖이 당황한 표정을 지으면서 그녀와 눈을 마주치지 못했다.

고방아는 의아한 표정을 짓다가 문득 왼손에 뭔가 물컹한 물체가 쥐어져 있는 느낌이 들어 얼른 쳐다보았다.

"악!"

그녀는 깜짝 놀라서 쥐고 있던 연달아의 성기를 놓으며 벌떡 일어섰다.

그의 왼쪽 허벅지에 문신이 있는지 없는지에만 잔뜩 정신이 팔린 상태라서 털을 옆으로 쓸어놓는다는 것이 그의 성기를 잡고 있었던 것이다.

그런데 그녀가 일어서자 연달아하고 불과 한 뼘 정도 가까운 거리를 두고 마주 선 자세가 돼버렸다.

연달아는 어색한 표정으로, 고방아는 당황한 표정으로 잠시 동안 서로를 마주 바라보았다.

"아… 면도기는 말이지?"

먼저 정신을 차린 사람은 고방아다. 그녀는 서둘러서 일회용 면도기의 플라스틱 덮개를 제거하고 연달아의 까슬까슬한 수염으로 가져갔다.

"아니지… 우선 거품을 묻혀야지……."

그녀는 세면대에서 두 손에 비누를 듬뿍 묻히고 비벼서 거품을 만들어 연달아의 입과 턱에 대충 발랐다.

이어서 면도기를 그의 코밑에 대고 북북 그어 내렸다. 면도기를 어떻게 사용하는지 설명을 하는 대신에 자기가 손수 면도를 해주고 있다.

사각사각.

그녀는 자신의 수염은 물론이고 다른 사람의 수염을 면도기로 깎아준 적이 한 번도 없었다. 그런데다 지금처럼 당황한 상태에서는 솜씨가 서툴 수밖에 없다.

그녀의 서툰 면도 솜씨 때문에 연달아의 입 주위와 턱에 계속 상처가 생겨서 피가 흘렀다.

그래도 두 사람은 그걸 못 느꼈다. 이상한 분위기에 휩싸여 있는 상황이기 때문이다.

고방아는 자기를 주시하는 연달아의 눈빛이 너무 강렬해서 도저히 그를 바라볼 수가 없어 눈을 내리깔고 면도기를 움직였다. 보지 않은 상태에서 면도를 해주니까 자꾸 여기저기를 베었다.

슥.

그때 연달아의 두 팔이 고방아의 가느다란 허리를 부드럽게 감싸듯 안았다.

고방아는 움찔 놀라서 면도를 하던 손을 멈추었다. 그리고는 그의 가슴만 뚫어지게 주시했다.

심장이 미친 듯이 두근거리는 소리가 귀에 너무도 또렷하게 들렸다.

가슴이 터질 것만 같았다. 이런 긴장과 흥분은 한 번도 느껴본 적이 없었다.

그녀는 이런 경험이 없기 때문에 지금 같은 상황에서는 어떻게 대처해야 하는지 갈피를 잡을 수가 없었다.

슥.

"흑!"

그런데 그때 그녀의 허리를 안고 있는 연달아의 팔에 힘이 들어가며 그녀를 바짝 끌어당겼다. 그 바람에 그녀는 깜짝 놀라서 나직한 신음소리를 냈다.

그런데 그녀는 뭔가를 느끼고 더 놀랐다. 두 사람의 몸이

빈틈없이 바짝 밀착된 것도 놀랄 일이지만, 뭔가 단단한 막대기 같은 것이 그녀의 은밀한 부위를 강하게 찌르고 있었던 것이다.

그녀는 그것이 연달아의 성기라는 것을 직감했다. 그리고 그것이 지금 발기했다는 사실을 깨달았다. 그는 흥분하고 있는 것이다.

연달아의 손이 그녀의 팬티 속으로 스며들어 가 매끄럽고 팽팽한 엉덩이를 부드럽게 쓰다듬었다.

그리고 다른 손은 브래지어 속으로 미끄러지듯 들어가 유방을 가만히 움켜잡았다.

"방아……."

고개를 숙이며 입술을 그녀의 입술로 가져가는 연달아의 입에서 뜨거운 열기가 뿜어졌다.

고방아는 두 눈을 동그랗게 크게 뜬 채 그를 뚫어지게 바라보았다.

연달아의 입술이 그녀의 입술에 닿으려 하고, 오른손은 팬티 속에서 계곡 사이 깊은 곳으로 파고들었으며, 왼손은 유두를 살짝살짝 건드렸다.

퍽!

"윽!"

바로 그때 고방아는 무릎으로 연달아의 사타구니를 세게

올려 찼다.

“정신 차려!”

그녀는 면도기를 세면대에 내던지고 찬바람을 일으키며 욕실을 나서면서 코가 떨어지도록 냉소를 쳤다.

“흥! 지저분한 자식! 내가 그렇게 만만하게 보여?”

그녀는 닫힌 욕실 문에 등을 대고 연달아가 듣지 못하도록 조용히 가쁜 숨을 몰아쉬었다.

‘하아… 하아… 하마터면 이상한 분위기에 휩쓸릴 뻔했어.’

두 사람은 다시 소파에 마주 보고 앉아서 맥주를 마셨다.

조금 전 욕실에서 약간의 불미스러운 일이 있었으나 고방아는 그런 사실을 까맣게 잊어버린 듯 시시덕거리면서 웃고 떠들었다.

어떻게 보면 그녀의 그런 성격은 두 사람의 기묘한 동거생활에 꼭 필요했다.

그러지 않았으면 두 사람은 하루의 거의 대부분을 서로 얼굴을 붉힌 채 말도 하지 않고 생활할 것이다.

연달아가 켜놓은 벽걸이 TV에서는 ‘금주의 인기가요’ 라는 프로를 하는 중인데, 두 사람 모두에게 귀에 익은 노래가 흘러나오고 있었다.

아랑의 히트곡 중에서 '아침에 눈을 뜨면'이라는 노래였다. 그녀가 연달아의 휴대폰에 벨소리로 저장해 놓은 곡이기도 했다.

TV 속의 아랑은 몹시 성숙한 숙녀처럼 아름다웠다. 자칫하면 팬티가 보일 정도로 짧은 흰 치마를 입고, 배꼽을 훤히 드러낸 탱크탑에 긴 머리카락을 찰랑찰랑 흔들면서 춤을 추며 흥겹게 노래를 불렀다.

그녀는 노래를 부르면서 가끔 한쪽 눈을 찡긋거리며 윙크를 했는데 그 모습이 깨물어주고 싶을 만큼 귀여웠다. 또한 그녀가 그럴 때마다 방청석에서 비명에 가까운 함성이 터져 나왔다.

노래가 끝나자 금주의 1위곡을 가리는 순서가 되었다. 긴장감을 고조시키는 멘트와 음악 소리가 시끄럽게 들리더니 폭죽이 터지고 색종이가 화면을 가득 메웠다.

"축하드립니다! 아랑 씨! 이번 주끼지 연속 8주 1위라는 대기록을 세우셨군요! 소감 부탁드립니다!"

희고 조그만 손으로 마이크를 잡은 아랑의 얼굴이 클로즈업되었다.

"너무 기뻐요! 이 모든 것이 오빠 덕분이에요! 오빠 고마워요! 그리고 사랑해요!"

아랑은 환하게 미소를 지으면서 뽀뽀를 하는 것처럼 입술을 내밀었다.

방청석에서 꺄꺄거리는 환호성이 터져 나왔다.

"아랑 씨, 전국에 계신 오빠 팬들에게 하는 말씀이신가요?"

MC가 명랑한 목소리로 질문을 하자 아랑은 고개를 살래살래 가로저었다.

"아니에요. 제 생명의 은인이고 저의 모든 것을 바쳐서 사랑하고 있는 달아 오빠를 말하는 거예요."

MC는 놀라는 표정을 지었다.

"지금 어느 한 개인을 말씀하시는 건가요?"

아랑은 환하게 미소 지으면서 손바닥을 펴서 자기 머리 위로 한껏 뻗었다.

"그래요. 키가 아주 크고 미남인데다 힘은 황소 같고 세상에서 제일 따뜻하고 자상한 오빠예요. 그 오빠는 언제나 저를 업거나 안고 다닌답니다."

"축하해요. 아랑 씨. 이번 주에도 1위 하신 것 다시 한 번 축하드리면서 앵콜 곡 부탁드립니다! 저희는 다음 주에 다시 찾아뵙겠습니다!"

MC는 더 이상 대화를 진행하면 안 될 것 같았는지 서둘러서 마무리를 지었다.

고방아는 포갠 다리를 탁자 위로 뻗은 자세로 TV를 보며 어이없다는 표정을 지었다.

"아예 방송에서 공개 프로포즈를 해라."

그녀는 연달아가 TV에서 앵콜 곡을 부르는 아랑을 흐뭇하게 미소를 지으며 바라보고 있는 것을 보고는 눈을 하얗게 흘겼다.

"침 좀 닦으면서 봐라."

연달아는 손등으로 입가를 닦더니 의아한 표정으로 고방아를 쳐다보았다. 침을 흘리지 않았는데 왜 닦으라고 했는지 묻는 표정이다.

고방아는 감중연하는 얼굴로 딴소리를 했다.

"아마 고구려에서는 조혼풍습이 있었지? 여자는 보통 몇 살 때 시집을 가?"

"열 살이 넘으면 혼기에 들어섰다고 한다."

고방아는 어이없다는 표정을 지었다.

"열 살? 그런 젖비린내 나는 어린아이를 데려다가 마누라로 삼는다고?"

고방아와는 달리 연달아는 진지한 표정이다.

"고구려의 그런 풍습은 여자를 인격 주체로 보지 않고 하나의 노동력으로 보기 때문에 가능했다. 어린 여자를 가족의 일원으로 만들어서 일찌감치 대가족제에 동화하게 만드는 방법이었다."

"노동력? 여자를 단지 노동력으로만 본다는 거야? 얼빠진 조상들이잖아!"

다혈질 고방아가 씨근거리자 연달아는 TV로 시선을 주며 조용히 말했다.

"그런 풍습은 내가 만든 게 아니다."

"그렇지만 당신도 여자아이를 좋아하잖아!"

그가 아랑을 좋아하는 것을 두고 꼬집는 말이다.

그러나 연달아가 대답하지 않고 TV만 보고 있자 고방아는 무시당한 기분이 들었다.

그때 문득 그녀는 연달아의 사타구니가 불룩하게 솟아 있는 것을 발견했다.

거기가 불룩하다는 것은 그가 지금 성적으로 흥분을 느끼고 있다는 뜻이었다.

고방아는 TV에서 초미니를 입은 아랑이 가녀린 몸을 살랑살랑 흔들면서 춤을 추며 노래를 하고 있는 모습과 연달아를 번갈아 보면서 기가 막힌다는 표정을 지었다.

지금 연달아가 아랑을 보면서 성적 흥분을 느끼고 있는 것이라고 생각한 것이다.

그리고 보니까 연달아와 아랑은 만나기만 하면 꼭 서로를 마주 본 자세로 얼싸안고 있었다.

옷은 입고 있지만 그런 자세는 서로의 성기가 밀착되어 흥분을 느끼기 십상이다.

거기까지 생각한 고방아는 괜히 화가 치밀어서 견딜 수가 없게 되었다.

고방아는 발딱 일어나 연달아 앞에 우뚝 섰다.

"에라이~ 인간아! 그렇게 영계가 좋으냐?"

연달아가 의아한 표정으로 고개를 들어 그녀를 쳐다보는데, 그녀는 발을 들어 냅다 그의 사타구니를 짓밟았다.

퍽!

"으헉!"

고방아는 바닥에 떨어져 있는 트레이닝복을 주워 입으면서 연달아를 쳐다보지도 않고 구박했다.

"저 아이 보고 그렇게 흥분할 정도면 아예 쟤네 집에서 같이 살지 그러냐?"

"방아… 그게 아니고…… 으윽……."

연달이는 바닥에 웅크리고 앉아서 사타구니를 움켜잡은 채 끙끙거렸다.

그는 흥분한 것도 발기를 한 것도 아니라고 말하려고 했으나 고통이 너무 심해서 말을 할 수가 없었다.

사실 그는 발기한 것이 아니다. 다리를 모으고 있어서 바지의 그 부분이 불룩하게 솟아올랐을 뿐이다. 즉, 그 안에 든 것은 공기였다.

그 사이에 고방아는 옷을 다 입고 어디 간다고 말도 하지 않고 밖으로 나가 버렸다.

연달아는 사타구니의 격렬했던 통증이 조금 가라앉자 급히 일층 입구 밖으로 달려나갔다.

하지만 고방아는 보이지 않았다. 어제까지만 해도 이 건물 일층은 차고였는데 지금은 셔터가 굳게 닫혀 있었다.

어제 공사를 한다고 난리를 치더니 셔터를 설치하느라 그랬던 모양이다.

할리와 밴틀리는 셔터 안쪽 차고에 있다. 그렇다면 고방아는 할리를 놔두고 걸어간 것이 분명했다.

연달아는 입구 앞에 서서 거리 양쪽을 번갈아 쳐다보면서 그녀가 어디로 갔을지 생각해 보았으나 짐작조차 가는 곳 없이 막막하기만 했다.

그렇다고 무작정 아무 방향으로나 갈 수는 없다. 그에게 전능이 있다고는 하지만 지금 이런 상황에서는 그것을 어떻게 사용해서 고방아를 찾을 수 있는 것인지 모르고 있다.

그는 고방아, 박노현과 함께 이 일대에서 원룸을 구하러 돌아다녔던 길과, 그리고 고방아와 둘이서 생활에 필요한 물건들을 사러 돌아다녔던 길에 대해서는 잘 알고 있다.

그는 한 번 본 것과 들은 것은 절대 잊어버리지 않는 능력을 갖게 되었다.

그것은 전능의 힘이다. 그러므로 이 일대를 돌아다닌다고 해도 길을 잃을 염려는 없다.

하지만 아무 곳으로나 갔다가 고방아하고 길이 엇갈릴 수 있으므로 자제해야 한다.

그는 일단 그 자리에서 전능으로 고방아가 어디에 있는지 찾아내는 것을 시도해 보기로 했다.

그는 지금 이 시대, 즉 2012년 대한민국에서 자신과 가장 밀접한 관계의 사람이 고방아라고 믿고 있다. 그러므로 자신과 그녀는 보이지 않는 어떤 끈으로 연결되어 있을 것이라고 생각한다.

어떤 방법으로 그녀의 존재와 행방을 찾아내야 하는지는 전혀 모른다.

그러나 해볼 만한 가치는 있다. 시간이 지나면 그녀가 집으로 돌아오겠지만, 그전에 한 번 전능의 힘으로 그녀의 위치를 찾아내고 싶다.

그는 그 자리에 우뚝 서서 지그시 눈을 감고 전능을 머리로 옮긴다는 생각을 했다.

그러자 갑자기 머릿속이 더할 수 없이 맑고 상쾌해졌다. 그러면서 지난번 종합운동장에서처럼 주위의 온갖 소리들이 양쪽 귀로 홍수처럼 쏟아져 들어왔다.

그뿐 아니라 눈으로 보이는 것도, 귀로 들을 수 있는 것도 아닌, 어떤 느낌 같은 것들이 감지되었다. 처음에는 하나인 것 같았는데 점점 그 수가 많아지더니 마지막에는 여덟 개가 되었다. 그리고는 더 이상 늘어나지 않았다.

연달아는 폭포처럼 쏟아져 들어오는 쓸데없는 소리들을 차단하고 걸러내는 한편 여덟 개의 느낌도 필요한 것만 남겨두고 걸러내기를 시도했다.

[영계 보면서 지저분하게 흥분하는 그런 자식이 어디가 예쁘다고…….]

잠시 후 모든 잡다한 소리들이 다 걸러지고 나서 고방아가 잔뜩 못마땅한 듯 속으로 중얼거리는 목소리 하나만 귓속으로 쏙 들어왔다.

그런데 여덟 개의 느낌은 하나도 걸러지지 않고 고스란히 남았다. 이상한 일이다.

[그래도 갈아입을 옷이 없어서 집 안에서도 청바지에 야구점퍼만 죽어라고 입고 있는 꼴은 보기에 좋지 않아. 미운 자식이지만 한 팀이니까, 왜 그런 자식하고 투아를 했을까? 투아가 뭐야? 투아가. 흥!]

연달아는 고방아의 목소리가 계속 들려오는 상태에서 여덟 개의 느낌 중에 가장 중요한 것 하나만 남겨두고 다른 일곱 개는 지우려고 노력했다. 가장 중요한 느낌이 바로 고방아

일 것이라고 믿기 때문이다.

고방아의 목소리와 느낌을 일치시키기만 하면 그녀가 어디에 있든 찾아낼 수 있을 것이라고 확신했다.

[어… 저거 괜찮아 보이네. 그 자식한테 어울릴 것 같군. 저걸로 살까? 흠…….]

그녀는 연달아에게 주려고 옷 같은 것을 사려는 모양이다. 성질은 거칠고 가끔 주먹질 발길질은 해도 마음씨는 비단결 같다고 연달아는 생각했다. 도저히 사랑하지 않고는 견딜 수 없는 여자다. 그러면서도 그는 일곱 개의 느낌을 지우는 데 온 힘을 다 쏟았다.

그런데도 여덟 개의 느낌 중에서 사라지는 것은 단 하나도 없었다. 지금까지 그가 뭔가를 시도하면 전능이 뜻한 대로 이루어졌었는데 어쩐 일인지 지금은 잘되지 않았다. 오히려 여덟 개의 느낌이 처음에 나타났을 때와는 비교도 할 수 없을 정도로 강렬해졌다.

그런데 그때 갑자기 어떤 변화가 일어났다. 그의 정신의 세계에서 여덟 개의 느낌이 여덟 방향으로 흩어져서 자리를 잡고 있는 것이다.

그것은 마치 어떤 형태를 이루고 있는 것 같았다. 그의 정신세계가 밤하늘이라면 여덟 개의 느낌은 밤하늘에 떠 있는 여덟 개의 별처럼 빛나고 있었다.

그리고 그것들은 각기 다른 느낌과 색깔을 지니기 시작했
다.

백(白), 청(靑), 녹(綠), 황(黃), 흑(黑), 홍(紅), 자(紫), 회(灰)의
여덟 가지 색이었다.

그 순간 연달아는 무엇엔가 이끌리듯 번쩍 눈을 뜨고 하늘
을 바라보았다.

그런데 그의 머릿속 정신세계에서 보였던 여덟 개의 빛이
별이 되어 밤하늘에 떠 있었다.

'궁륭(穹窿)이다!'

궁륭은 고구려 왕실의 문양이다. 그것은 배달국과 고조선,
그리고 고구려로 이어지면서 숭상하던 북두칠성을 형상화한
문양이기도 하다.

고로 궁륭은 북두칠성과 북극성을 합친 여덟 개의 별을 의
미하는 것이다.

조금 전까지는 연달아의 정신세계에 있다가 지금은 밤하
늘에서 밝게 빛나고 있는 여덟 개의 느낌은 북두칠성과 북극
성을 가리키는 것이었다.

그때 고방아의 목소리가 들렸다.

[결국 사버리고 말았어. 바람둥이 같은 자식이 보기 싫어서
뛰어 나왔는데 그 자식 입히려고 옷이나 사들고 들어가야 하
다니… 뭐라고 말하면서 이걸 주지?]

그런데 그녀의 목소리가 들릴 때 백색으로 환하게 빛나고 있는 북극성에서 강한 느낌이 일어났다. 그것은 그녀가 북극성이라는 뜻이다.

'찾았다. 그녀가 바로 북신(北辰)이었군.'

고구려에서는 북극성을 '북신' 이라고도 불렀다.

지금 밤하늘에 떠 있는 특수한 북극성과 북두칠성은 다른 사람의 눈에는 보이지 않는다.

오로지 연달아에게만 보인다. 다른 사람들은 그저 평범한 북두칠성과 북극성을 볼 수 있을 뿐이다. 그의 정신세계와 연결되어 있기 때문이다.

'됐어. 연결됐다.'

그는 자신의 정신에서 북극성과 고방아가 연결되는 것을 또렷하게 느꼈다. 이제는 그녀가 어딜 가더라도 찾아낼 수 있게 됐다.

그때 그의 야구점퍼 안에서 노랫소리가 흘러나왔다. 목에 걸고 있는 휴대폰에서 나는 소리다.

아랑의 히트곡 '아침에 눈을 뜨면' 이라는 노래다. 아랑의 전화가 온 것이다.

그런데 바로 그때 밤하늘의 북두칠성 중에서 첫 번째 별, 즉 청색별이 환하게 빛을 발했다.

방금 전에 고방아의 북극성이 빛을 발했을 때처럼 환하게 빛나고 있다. 그리고 어떤 강렬하면서도 친근한 느낌이 연달아에게 전해졌다.

'설마 랑이가 청색별이라는 말인가?'

목에 걸고 있는 휴대폰에서 아랑의 노래가 계속 울리고 있지만 그는 전화를 받을 생각도 하지 않고 적잖이 놀라서 생각을 정리하느라 여념이 없다.

'저 여덟 개의 별들은 방아와 일곱 명의 측근, 즉 수행자를 가리키는 것일지도 모른다. 그렇다면…….'

현재 런너인 연달아의 수행자는 가디언인 연정토와 디스트로이어인 연연화, 그리고 사도 고선우 세 명뿐이다. 연정토도 더 이상은 찾아내지 못했다고 말했었다. 그런 상황에서 여덟 개의 별들과 아랑이 불쑥 등장한 것이다. 아랑이 청색별과 연결되었다면 그녀도 수행자라는 뜻이다.

휴대폰에서 울리는 아랑의 노래가 멈췄다.

연달아는 아랑이 7수행자 중 한 명일 것이라고 판단했다. 연정토의 말에 의하면 런너에게는 5수행자가 있다고 했는데, 연달아에겐 일곱 명이다.

이것은 전혀 예상하지 못했던 놀라운 일이지만 받아들일 수밖에 없는 현실이다.

'그들과 연결해 보자.'

그는 고방아와 아랑, 연정토, 연연화, 고선우, 그리고 다른 수행자들과의 연결을 시도했다.

휴대폰에서 다시 아랑의 노래가 흘러나왔으나 무시했다.

후우우.

밤하늘 여덟 개의 별들이 흩어지면서 위치를 바꾸고, 연달아의 머릿속 정신세계의 여덟 개의 별들과 서로 연결되는 느낌이 들었다.

[이대로 그냥 집으로 갈까? 아니면 어디서 한잔하고 들어갈까?]

[오빠는 왜 전화를 안 받는 거야? 걱정돼 죽겠네.]

[묵인자의 또 다른 가디언 쿠로카미가 JAL기편으로 국내에 입국하다니… 음! 무슨 일이 있어도 찾아내야겠군.]

[텐쵸오. 정말 독종이로군. 런너께서 계시면 텐쵸오의 입을 열게 할 수도 있으실 텐데.]

[아아… 또 같은 꿈을 꿨다. 어째서 자꾸 이런 꿈만 꾸는 것인지 모르겠군.]

그리고는 한꺼번에 다섯 사람의 목소리가 연달아의 머릿속에서 울렸다.

고방아와 아랑, 연정토, 고선우의 목소리였고 마지막 하나는 처음 듣는 생소한 목소리며 느낌이다.

연달아는 고방아에게 먼저 말을, 아니, 뜻을 전했다.

'집으로 곧장 와라. 나하고 함께 마시자.'

[엉? 뭐, 뭐야? 어디서 말하는 거지?]

연달아는 고방아가 어리둥절해하는 모습이 보이는 것 같아서 빙그레 미소 지었다.

'네 머릿속에 있다.'

[내 머릿속? 이거… 전능이야? 이렇게 멀리에서도 내 생각을 읽는 거야?]

'그래.'

[음! 정말 싫다. 아무 때나 불쑥불쑥 내 생각이나 읽고.]

'특별한 상황 외에는 네 생각 읽지 않겠다. 내 옷 샀으면 어서 돌아와라.'

[그… 것도 알고 있어? 이런 빌어먹을.]

연달아는 고방아가 더 험한 말을 하기 전에 그녀와의 연결을 끊고 이번에는 아랑과 연결했다. 그냥 아랑을 생각하기만 하면 된다. 휴대폰에서는 아랑의 노래가 계속 흘러나오는 중이다.

'랑아.'

아무 소리도 나지 않았다. 아랑이 몹시 놀라서 허둥대고 있는 것이 분명했다.

'오빠다. 네 머릿속에서 말하고 있다. 너는 그냥 생각만 하면 내가 읽을 수 있다.'

[오, 오빠야? 정말 달아 오빠야?]

아랑은 너무 놀란 나머지 생각인데도 아기처럼 목소리가
반짝거리고 또 응석을 부렸다.

‘그래.’

[아… 정말 놀랐다.]

‘너 내일 내게 오너라. 할 말이 있다.’

[지금 가면 안 돼?]

연달아는 잠시 생각했다. 아랑이 수행자 중 한 사람이라면
한시라도 빨리 만나는 것이 좋다.

‘그래. 지금 와라.’

[오빠 어디에 있어?]

‘여기가……’

그는 박노현이 원룸 주인하고 계약할 때 말했던 주소를 기
억해 냈다.

‘송파구 방이2동 127번지 파인빌이야.’

[알았어. 곧 갈게. 사랑해, 오빠.]

‘그래.’

[오빠는?]

‘뭐가?’

[오빠는 나 사랑하지 않아?]

연달아는 아랑이 귀여운 얼굴로 자기를 말끄러미 바라보
는 모습이 떠올라서 입가에 미소가 머금어졌다.

'사랑한다.'

[헤헤헤. 금방 갈게요.]

연달아는 아랑과의 연결을 끊고 이번에는 연정토를 불렀다.

'사형님.'

[…아우님이십니까?]

연정토는 놀란 듯하지만 연달아라는 것을 알아차리고 공손하게 물었다.

'그렇습니다. 쿠로카미가 누굽니까?'

[…어떻게 아셨습니까?]

'조금 전에 사형님의 생각을 읽었습니다.'

[아아…….]

연정토는 탄성을 터뜨리더니 곧 공손한 목소리로 설명했다.

[쿠로카미(黑神)는 이세민의 여덟 번째 아들로서 월왕(越王) 이정(李貞)입니다. 이세민의 자식들 중에서 우리가 파악하고 있는 몇 안 되는 인물 중 한 명입니다.]

'그가 대한민국에 들어왔습니까?'

[쿠로카미는 일본에서 활약하고 있는 이세민의 자식 네 명 중 한 명입니다. 그자들에 대해서는 이리가수미님께서 파악하고 계십니다.]

'그렇습니까?

[이리가수미님께서 주신 정보에 의하면 쿠로카미의 정체에 대해서는 알려진 바가 없고, 일본 내의 굉장한 거물이라고만 짐작하고 있을 뿐입니다. 그자가 오늘 낮에 한국으로 입국했다고 하는데 아무래도 우리가 데리고 있는 텐쵸오를 찾기 위해서인 것 같습니다.]

'쿠로카미를 찾아낼 수 있습니까?

[지금 최선을 다하고 있습니다만 쿠로카미를 찾아낼 수 있다고 장담은 할 수 없습니다. 자세한 보고는 내일 종합해서 말씀드리겠습니다.]

지금으로선 연정토도 더 이상 할 말이 없는 듯했다.

연달아는 연정토와 연결을 끊고 잠시 쿠로카미에 대해서 골똘하게 생각을 해보았다.

그가 생각해 봐도 쿠로카미는 텐쵸오 때문에 입국한 것이 분명한 것 같다. 하지만 지금으로선 어떻게 해야 좋을지 마땅한 방법이 서지 않았다.

쿠로카미가 누군지 연정토가 알아내기를 기다리는 것이 최선일 듯하다.

연달아는 조금 전에 연결됐었던 낯선 인물에게 다시 한 번 접속을 시도해 보았다.

그의 정신세계와 밤하늘의 북두칠성 중에서 자색, 즉 자주

색의 별이 반짝거렸다.

[휴우. 아까의 그 꿈 때문에 잠이 오지 않는구나.]

'귀하는 누구시오?'

연달아가 불쑥 묻자 낯선 사람은 잠시 아무런 반응이 없다가 중얼거렸다.

[잠이 덜 깨었는가? 아직도 꿈속인 것 같군. 몸이 허하니 생시인지 꿈인지도 구별을 못하는구나.]

'꿈이 아니오.'

[이게 도대체 무슨 일이라는 말인가? 내 머릿속에서 마치 내가 생각하고 있는 것처럼 타인의 목소리가 들리다니… 해괴하구나.]

연달아는 그 사람이 누군지 꼭 알고 싶었다. 자신의 수행자이기 때문에 더욱 그랬다.

그는 잠시 그를 이해시킬 만한 어떤 묘책을 생각해 봤으나 별다른 방법이 떠오르지 않자 조용한 목소리로 물었다.

'아까 같은 꿈을 꿨다고 했는데 무슨 꿈이오?'

[귀신인지 괴물인지도 모르는 자에게 어찌 그런 얘기를 한다는 말인가? 썩 내 머릿속에서 사라져라!]

'세상에는 인간의 머리로 이해할 수 없는 일들이 비일비재하오. 귀하가 알고 있는 지식이란 것은 세상의 모든 지식에 비하면 티끌 같은 것이오.'

[어허! 그래도!]

'내일 다시 귀하를 찾겠소. 그때까지 내 말을 잘 생각해 보도록 하시오.'

그리고는 연결을 끊었다. 낯선 사람이 앞뒤가 콱 막혔기 때문이 아니라 입장을 바꾸어서 연달아에게 이런 일이 생겼다면 자신도 똑같은 반응을 보였을 것이다.

그러므로 낯선 사람을 탓할 일이 아니다. 이럴 때는 그가 차분하게 생각할 만한 시간을 주는 것이 최선이다. 내일이면 뭔가 진전이 있을 것이다.

그때 저쪽에서 택시 한 대가 달려오더니 연달아 바로 앞에서 멈췄다.

그리고는 뒷문이 열리고 나서 챙이 있는 모자를 깊숙이 눌러쓰고 밤중인데도 선글라스를 쓴 아담한 체구의 사람이 뒷문을 열고 내렸다.

두 팔과 상체 전체를 감싼 이상한 옷을 입어서 남자인지 여자인지, 어른인지 아이인지 구별이 되지 않는데, 그 사람에게서 그윽하면서도 상쾌한 향기가 풍겼다. 그래서 연달아는 그 사람이 누군지 즉시 알아차렸다.

"오빠!"

택시가 출발하는 것과 동시에 그 사람이 빠른 동작으로 선글라스를 벗어 메고 있는 파우치에 넣고는, 연달아에게 쪼르르 달려와 팔짝 뛰어 올라 안기면서 반갑게 외쳤다.

방금 전에 연달아는 향기를 맡고 그 사람이 아랑이라는 것을 알아차렸다. 그녀에게서는 늘 그 향기가 나고 연달아는 그 향기를 좋아한다.

아랑이 엄마나 매니저 이하연을 떼어놓고 혼자 왔다는 사실 때문에 연달아는 조금 뜻밖이라는 표정을 지었다.

아랑이 뛰어오르면서 안기는 바람에 연달아는 한 손으로 그녀의 궁둥이를 받쳤다.

"랑이구나."

"오빠, 내가 보고 싶지도 않았어? 나는 오빠 보고 싶어서 죽는 줄 알았어."

아랑은 꽃장식의 레이스가 달린 연분홍 널찍한 숄을 걸쳐서 상체를 다 가리고 있었는데, 자신의 앙증맞은 작은 손으로 연달아의 손을 잡더니 숄 안쪽 얇은 티셔츠만 입고 있는 자신의 가슴에 대주었다.

"이것 봐. 가슴이 마구 뛰고 있지? 지금은 오빠를 만나 너무 기뻐서 죽을 것 같아 그러는 거야."

아랑은 아무렇지도 않게 반말을 했다. 조금 전에 정신으로 연결됐을 때부터 반가운 나머지 반말을 하더니 지금도 그 연장인 것 같았다.

하지만 연달아는 그녀의 반말이 아무렇지도 않았다. 그는 아랑이 무슨 행동을 하고 또 무슨 말을 해도 한없이 귀엽기만 할 뿐이다.

연달아의 커다란 손바닥에 아랑의 그리 작지 않은 봉긋하고 폭신한 유방이 만져졌고, 그 안에서 심장이 터질 것처럼 빠르게 박동하고 있었다.

"어때? 심장이 마구 뛰지?"

"그렇구나."

아랑은 다시 두 팔로 연달아의 목을 감고 그와 얼굴 높이를 맞추었다.

"오빠, 나 기다리고 있었어?"

"아니다. 방아 찾으러 나왔다."

아랑 듣기 좋으라고 선의의 거짓말을 할 수도 있으나 연달아는 성격상 절대 그러지 못한다.

"피이. 실망이야."

그녀는 어린아이가 삐친 듯 입술을 삐죽거렸다.

"오빠, 눈 감아봐."

연달아는 그 모습이 하도 귀여워서 미소를 지으며 시키는 대로 눈을 감았다.

그러자 아랑이 조그맣고 따스한 두 손으로 연달아의 뺨을 살며시 감쌌다.

그러더니 연달아의 두툼한 입술에 말랑말랑하고 부드러우

며 촉촉한 뭔가가 살짝 닿았다.

"오빠, 내가 주는 거 먹어."

아랑은 연달아의 입술에 자기 입술을 붙이고는 종알거렸다. 마치 아기가 아빠에게 재롱을 부리는 것 같았다.

그리고는 뭔가 매끄럽고 따스한 것이 연달아의 입속으로 스르르 미끄러져 들어왔다.

연달아는 아랑이 뭔가를 주고 그것을 받아먹으라고 했기 때문에 그녀의 입안에 있는 무언가를 주는 줄 알고 무심코 그것을 빨아 당겼다. 하지만 그는 즉시 그것이 아랑의 혀라는 사실을 알아차렸다.

'이 녀석이?

어이가 없으면서도 하는 짓이 귀여워서 그가 가만히 있자 이번에는 아랑이 연달아의 혀를 빨아대기 시작했다. 마치 배고픈 아기가 엄마의 젖을 빨듯이 힘차고도 격렬하게 혀를 빨았다.

연달아는 살짝 입술을 뗐다.

"이제 그만."

"헤헤. 너무 좋아."

아랑은 빨간 혀로 자신의 입술을 핥으며 입맛을 다시면서 발그레 달아오른 얼굴에 만족한 미소를 머금었다.

"못써, 그러면."

“헤헤. 안 그럴게.”

연달아가 방그레 미소 지으면서 주먹으로 머리를 콩 살짝 때리며 꾸짖자 아랑은 혀를 낼름 내밀고는 그의 어깨에 뺨을 묻었다.

[지금 뭐하고 있어?]

그때 연달아의 머릿속에서 고방아의 목소리가, 아니, 생각이 전해졌다.

연달아는 뜻밖이라는 표정을 지었다. 고방아가 자신의 생각을 직접 전하는 것은 처음이기 때문이다. 그녀는 그 방법을 스스로 깨우친 듯했다.

‘집 앞에 서 있다.’

[그럼 이리 와. 술이나 마시자.]

‘알았다.’

[어딘지 안 물어봐?]

‘어디냐?’

[됐어. 알아서 찾아와. 여기도 못 찾아오면 투아 파트너가 아니지.]

연달아는 고방아와의 연결을 끊고 거리의 오른쪽으로 성큼성큼 걸음을 옮겼다.

그녀의 기운이 그쪽에서 느껴지고 있기 때문이다. 구태여 그녀가 있는 곳을 찾으려고 애쓸 필요가 없다. 그저 발길 가

는 대로 가기만 하면 그곳에 그녀가 있을 것이다. 그것이 연
달아와 고방아의 교감의 힘이다.

"어디 가, 오빠?"

아랑이 고개를 들고 물었다.

"방아가 술 마시러 오라고 하는구나."

"그럼 나 업힐래."

연달아는 아랑을 땅에 내리지 않고 안은 채 등으로 돌려서
업고 다시 걷기 시작했다.

제26장

러시아 마피아

RUNNER
런너

　밝은 대로로 나왔지만, 업혀 있는 아랑은 두 팔로 연달아의 겨드랑이 밑으로 가슴을 꼭 안은 채 모자를 쓰고 뺨을 등에 묻고 있기 때문에 행인들은 그녀가 아이돌 아랑이라는 것을 전혀 알아보지 못했다.

　"오빠, 나 오늘 방송에서 1등 했어."

　아랑은 자랑하듯이 재잘거렸다.

　"응. 아까 봤다."

　아랑은 깜짝 놀라 그의 등에서 뺨을 뗐다.

　"정말?"

“그래.”

“아… 오빠가 볼 줄 알았으면 좀 더 예쁘게 하고 나갈 걸.”

연달아는 빙그레 미소 지었다.

“예뻤다.”

“얼마나?”

“많이.”

“헤헷! 부끄러워.”

아랑은 얼른 그의 등에 다시 뺨을 묻으며 두 팔로 그의 가슴을 꼭 끌어안았다.

지금 그녀는 부끄러우면서도 행복해서 죽을 지경이다. 예전에는 이런 묘한 기분을 느껴본 적이 없었는데, 연달아를 만나고 난 이후부터는 생전 처음 느끼는 기분의 연속이다. 하지만 아랑은 그런 것이 너무 좋았다.

“아까 TV에서 내가 1등 소감으로 말한 오빠가 달아 오빠라는 거 알았어?”

“그래.”

“에헤헤!”

아랑은 또 얼굴이 화끈하고 부끄러워서 도리도리 온몸으로 작게 몸부림을 치며 그를 꼭 안았다.

대로로 나온 연달아는 주위가 온통 형형색색의 네온사인으로 번쩍이고, 화려한 옷차림과 모습을 한 수많은 젊은 남녀들이 명랑하게 웃으면서 대화하며 파도처럼 오가고 있는 거리를 걸어가며 속으로 감탄을 금치 못했다.

마주치는 모든 사람들의 모습에서는 풍요와 행복이 물씬 느껴졌다.

그들에게서는 배고픔이나 목숨에 대한 위협 같은 것은 조금도 느껴지지 않았다. 이들의 모습을 보면 고구려인들의 삶하고는 하늘과 땅 차이다.

고구려인들은 소수의 귀족들을 제외하고는 거의 모든 백성들이 먹고사는 것에 필사적으로 매달려 있었다. 태어나서 죽을 때까지 먹고사는 일을 해결하는 것이 고구려 백성의 숙명인 것 같았다.

더구나 끊임없이 벌어지는 당나라와 신라, 백제와의 전쟁 때문에 백성들은 언제나 목숨의 위협을 받으면서 살 수밖에 없었다.

그런데 여기 대한민국의 사람들은 그런 걱정 따윈 조금도 하지 않는 것 같았다.

거리 어디를 봐도 먹을 것과 입을 것이 넘쳐 나고, 사람들의 얼굴에는 행복에 겨운 웃음이 가득하다.

고구려의 곤핍함은 눈을 씻고도 찾을 수가 없다. 같은 땅이지만, 1344년이라는 장구한 세월은 고구려를 이런 부유한 나라로 탈바꿈시켰다.

연달아는 8차선 도로 건너편에 고방아가 있는 것을 감지하고 도로를 건너려고 차도로 내려섰다. 뛰어서 달리는 차들 사이를 빠져나가 건너려는 생각이다.

"꼭 잡아라."

"오빠, 여기서 건너면 안 돼."

아랑은 연달아가 수많은 차들이 쌩쌩 달리고 있는 대로를 무단횡단하려는 것을 짐작하고 깜짝 놀랐다.

"저기에 사람들이 많이 기다리고 있는 거 보이지? 그쪽으로 건너야 돼."

그러면서 아랑은 횡단보도에 대해서 설명을 해주었다.

"헤헤헤. 오빠는 모르는 게 너무 많아서 꼭 강가에 내다놓은 아들처럼 걱정이 돼."

횡단보도를 건널 때 아랑이 그의 가슴을 간질이면서 키득거렸다.

"이 녀석이?"

"아야."

연달아는 손으로 받쳐서 안고 있는 아랑의 궁둥이를 살짝 꼬집었다.

연달아는 아랑을 업은 채 어느 막창집으로 들어섰다.

막창집 안에서는 고기 굽는 냄새와 사람들의 말소리가 시끌벅적했다.

가게는 넓은 홀과 방으로 구분되어 있는데 빈자리 하나 없이 손님들이 가득했다. 이런 술집 하나만 봐도 풍요가 넘치고 있었다.

"여기야!"

저쪽 방 안에서 고방아가 손을 들어 보이면서 연달아에게 소리쳤다.

그쪽을 쳐다보던 연달아는 뜻밖이라는 표정을 지었다. 고방아 맞은편에 나란히 앉아 있는 두 사람 때문이다. 그들은 강 형사와 다카하시였다.

연달아는 업고 있는 아랑의 신을 벗긴 후에 자신의 신을 벗고 방으로 들어갔다.

그녀를 내려주려고 했더니 두 팔과 다리로 그를 꼭 안고 있어서 할 수 없었다.

고방아와 강 형사는 그냥 앉아 있고, 다카하시만 일어나서 일본인답게 고개를 숙이며 인사를 했다.

"어서 오십시오, 연달아 씨."

강 형사는 앉은 채 손을 들며 알은체를 했다.

고방아는 연달아에게 자기 옆에 앉으라고 손으로 방바닥을 두드렸다.

연달아는 앉으면서 아랑을 자신과 고방아 사이에 내려놓

았다. 아랑은 떨어지지 않으려고 했지만 그가 억지로 떼어내서 앉혔다.

"어?"

"아니?"

강 형사와 다카하시는 맞은편에 모자를 깊이 눌러쓰고 앉아 있는 아랑을 보더니 동시에 깜짝 놀라는 표정을 지었다.

모자를 눌러쓰고 있지만 이렇게 가까이에서 보고는 아랑이 누군지 알아본 것이다. 국내에서는 연예인 중에서 최고의 인기를 구가하고 있는 아랑이기 때문에 강 형사가 모를 리가 없다.

아랑은 또한 한류의 선두주자로서 일본을 비롯한 동남아시아에서도 여러 차례 콘서트를 했었기 때문에 일본인들도 그녀를 잘 알고 있다.

"쉬이."

아랑은 손가락을 세워서 입에 대며 강 형사와 다카하시에게 조용히 하라는 시늉을 해 보였다.

강 형사와 다카하시는 아랑의 얼굴에서 시선을 떼지 못하면서 홀린 듯한 표정으로 고개를 끄덕였다.

두 사람은 지난번에 고방아의 도움 요청을 받고 종합운동장으로 달려갔을 때 아랑이 위험하게 차 앞을 가로막았던 것을 기억하고 있었다.

그때 아랑은 연달아가 달려간 곳을 가리키면서 도와달라고 울부짖었었다.

"집에 가려고 했는데 강 선배 전화가 왔어."

고방아는 자기 옆 벽에 기대어 세워놓은 쇼핑백을 보여주었다. 연달아에게 주려고 산 옷이었다.

여자 종업원이 연달아와 아랑 앞에 막걸리 사발과 젓가락을 얌전히 놔주었다. 고방아 일행은 막걸리를 마시는 중이었다.

아랑은 미성년자지만 어른들과 함께 있기 때문에 어른으로 생각한 모양이었다.

강 형사와 다카하시는 모자를 깊숙이 눌러쓴 아랑에게서 시선을 떼지 못한 채 눈을 휘둥그렇게 뜨고 있었다.

아시아권 최고의 스타 중 한 명이며, 유투브를 통해서 유럽과 북미, 남미에서도 큰 인기를 누리고 있는 아랑을 이렇게 가까이에서, 그것도 같은 자리에 앉아 있다는 사실이 믿어지지 않는다는 표정이다.

"그만 봐. 랑이 얼굴에 구멍 뚫어지겠다."

고방아가 넌지시 일침을 주자 두 사람은 그제야 약간 머쓱한 표정을 지었다.

고방아와 강 형사는 가만히 있고 다카하시가 석쇠에 올려 있는 막창을 굽고 있다.

다카하시는 천성적으로 남을 배려하는 일 따위를 좋아한
다. 또한 그는 한국에 자주 왕래하기 때문에 막창을 어떻게
굽는지 잘 알고 또 매우 좋아한다.

그때 아랑이 희고 예쁜 손을 뻗어 상추에 잘 익은 막창을
얹고 된장과 마늘, 고추를 고루 얹고는 꼼꼼하게 잘 쌌다.

강 형사와 다카하시는 그녀가 곧 그것을 먹을 것이라고 기
대하는 표정으로 물끄러미 바라보았다. 아랑처럼 예쁘고 귀
여운 소녀가 입을 크게 벌리고 상추쌈을 먹는 모습을 머릿속
으로 그리고 있었다.

"오빠, 아… 해."

그런데 아랑은 동그랗게 싼 상추쌈을 연달아 입으로 가져
가며 방실방실 웃었다.

연달아는 입을 벌리고 덥석 받아 씹었다.

아랑은 그를 빤히 바라보며 물었다.

"어때?"

"음… 음… 맛있다."

"또 싸줄게."

"됐다. 이제 너 먹어라."

"피이. 싸주고 싶단 말이야."

"알았다."

강 형사와 다카하시는 아랑이 또 상추쌈을 싸는 걸 보면서

침을 삼키면서 부러워 죽겠다는 표정을 지었다.

그러는 한편으로는 연달아와 아랑이 무슨 관계일지 몹시 궁금하게 생각했다.

"한 잔 받으십시오."

강 형사가 막걸리 주전자를 들면서 내밀었다. 연달아가 자기보다 나이가 어린 듯이 보이지만, 함부로 대할 수 없는 위엄과 강인함이 엿보이기 때문이다.

강 형사는 사람을 볼 줄 안다. 그의 견해에 의하면 연달아는 걸출한 인물이 틀림없다.

"제가 따를게요."

그러자 아랑이 강 형사에게서 주전자를 뺏듯이 받아서 연달아 앞의 사발에 넘치도록 한 잔 가득 따랐다.

"마셔봐, 오빠."

연달아가 잠자코 사발을 들자 다른 세 사람도 함께 잔을 들어 마셨다.

"어때?"

연달아가 절반쯤 마시고 사발을 내려놓자 아랑은 상추쌈을 그의 입에 대주며 물었다.

"맛있구나."

"맥주보다 맛있어?"

연달아는 상추쌈을 우물우물 씹으면서 대답했다.

"둘 다 맛있다."

연달아가 씹으면서 입가에 뭐가 묻으니까 아랑은 파우치에서 예쁜 손수건을 꺼내 그의 입을 닦아주었다. 연인도 이렇게 자상한 연인이 없을 정도다.

그런 꼴을 보고도 고방아가 가만히 있을 리 없다. 그녀는 손가락으로 막걸리를 휘휘 저으면서 슬쩍 인상을 썼다.

"눈꼴시니까 고만해라."

"질투해요, 언니?"

아랑은 생글생글 웃었다.

반대로 고방아는 인상을 더 썼다.

"질투는 무슨 얼어 죽을. 저런 인간 한 트럭을 갖다 줘도 사절이다."

아랑은 연달아의 팔을 가슴에 꼭 안으면서 황홀한 듯한 표정을 지었다.

"한 트럭이 다 뭐예요? 전 세계를 다 뒤져 봐요. 이렇게 멋있고 훌륭한 남자가 오빠 말고 누가 또 있는지. 언니, 방금 한 말 잊지 마세요. 울고불고 매달려도 절대 오빠를 돌려주지 않을 거예요."

"어이구. 제발 그래라."

강 형사와 다카하시는 도대체 연달아와 아랑이 어떤 관계인지 몹시 궁금한 표정을 지었다. 하지만 대놓고 물어보지는 못했다.

"방아, 조금 전에 하던 얘기인데 말이야."

"난 몰라."

강 형사가 화제를 본론으로 끌고 가자 고방아는 잘 익은 막창을 입에 넣으며 딱 잘라서 말했다.

강 형사와 다카하시는 씁쓸한 표정을 지었다. 사실 두 사람은 연달아가 오기 전까지 텐쵸오에 대해서 고방아에게 집요할 정도로 캐묻고 있었다. 하지만 고방아의 대답은 시종일관 모르쇠였다.

강 형사는 자신의 소속인 서울지방경찰청 외사과로 돌아갔고, 다카하시도 그를 따라갔다.

두 사람의 공동 목적은 텐쵸오를 쫓는 것이고 또한 그녀의 범행 사실이 확인되면 체포하는 것이다.

그런데 이들은 며칠 전 한강수변공원에서 텐쵸오를 놓친 이후 그녀의 행적을 완전히 잃어버리고 말았다.

다카하시는 한강수변공원에서 텐쵸오 부하의 저격으로 일본에서 함께 온 부하 겐스케를 잃었다.

어제 그는 항공편으로 겐스케의 시신을 일본으로 보내고 나서 눈물이 솟구치는 것을 겨우 삼키며 반드시 텐쵸오를 잡고 말겠다고 결심을 했었다.

한국에서 그가 매달릴 사람은 오로지 강 형사뿐이다. 동료이자 부하인 겐스케를 잃고 아무런 소득도 없이 일본으로 돌아가는 것은 그 자신이 용서가 되지 않는 일이고, 죽은 겐스케를 볼 면목도 없다.

하지만 강 형사라고 별 뾰족한 수가 있는 것은 아니다. 그 역시 다카하시하고 같은 입장이다. 그의 상관은 텐쵸오의 행적을 파악해서 체포하라고 호통을 치는데, 텐쵸오에 대한 단서가 모조리 증발해 버려서 말 그대로 닭 쫓던 개 지붕 쳐다보는 격인 것이다.

그래서 마지막 돌파구인 고방아에게 전화를 걸어 술이나 한잔하자고 설득해서 텐쵸오에 대해서 집중적으로 추궁을 하는 중이다.

그런데 그녀가 텐쵸오에 대해서는 입도 뻥긋하지 않으니 답답해서 죽을 지경인 것이다.

아랑은 연달아가 반쯤 마시다가 내려놓은 막걸리 사발을 들고 홀짝홀짝 요구르트 마시듯이 마시고 있다. 그녀는 막걸리를 처음 마셔본다.

"연 형."

고방아가 안 되니까 강 형사는 타깃을 연달아로 바꾸었다. 그는 대뜸 연달아를 '연 형'이라고 불러놓고 심각한 표정으로 말을 이었다.

"솔직하게 말해서 나는 연 형이 누군지 모릅니다. 그렇지

만 텐쿄오에 대해서 연 형이 깊이 개입되어 있는 것을 확신하
고 있습니다. 내 말이 틀립니까?”

강 형사는 말을 해놓고 기선을 제압하려는 뜻 뚫어지게 연
달아를 주시했다.

옆에 있는 다카하시도 질세라 합세해서 연달아를 쳐다보
았다. 그는 매우 절박한 표정이었다.

하지만 연달아는 그들과는 달리 담담했다. 고구려 요동욕
살로서 수십만 명을 호령했던 그를 강 형사와 다카하시가 기
세로서 이길 수는 없는 일이다.

연달아는 고방아에게 설명을 들은 적이 있어서 강 형사와
다카하시에 대해 어느 정도는 알고 있다.

“텐쿄오에 대해서 얼마나 알고 있소?”

“달아.”

연달아가 두 사람에게 불쑥 묻자 고방아가 움찔 표정이 변
해서 그를 불렀다.

그러나 연달아는 그녀를 무시하고 두 사람을 쳐다보며 대
답을 기다렸다.

강 형사는 두 손을 들어 올려 보였다.

“내가 아는 것은 모두들 알고 있는 정도에 불과합니다.”

연달아가 다카하시를 쳐다보자 고방아와 강 형사도 그를
쳐다보았다.

다카하시는 약간 고개를 숙이고 뭔가를 생각했다.

아랑은 연달아가 마시다가 남긴 절반의 막걸리를 다 마시고 다시 막걸리를 부어 그에게 말없이 내밀었다.

연달아는 다카하시의 대답을 재촉하지 않고 묵묵히 막걸리를 마셨다.

그가 막걸리 사발을 내려놓자 기다렸다는 듯이 아랑이 준비해 놓은 쌈을 그의 입에 넣어주었다.

그리고는 그가 남겨놓은 막걸리를 홀짝거리며 마셨다. 미성년자인 그녀가 막걸리를 마시는 것에 대해서는 아무도 뭐라고 하지 않았다.

한참 만에 다카하시는 어렵게 입을 열었다.

"일본 경찰이 텐쿄오에 대해서 수집한 정보는 한국 경찰이 모르고 있는 내용입니다. 아무래도 텐쿄오가 일본인이기 때문이겠지요."

강 형사는 조금 긴장하는 표정을 지었다. 그는 텐쿄오에 대해서 자기가 모르고 있는 것을 다카하시는 알고 있을 것이라고 며칠 전부터 짐작했었고 몇 번이나 다카하시에게 물었으나 대답을 듣지는 못했었다.

그런데 지금 그것을 들을 수 있게 된 것 같아서 석쇠의 막창을 뒤적이던 행동까지 멈추고 그를 쳐다보았다.

다카하시는 머릿속으로 할 말을 정리했다. 바로 그때 연달

아는 그의 생각을 읽었다. 읽으려고 해서가 아니라 그를 쳐다
보자 자연히 알게 되었다. 그렇지만 내색하지 않고 그의 말을
기다렸다.

"텐쵸오는 평범한 인간이 아닙니다."

그것은 강 형사도 짐작하고 있다. 텐쵸오는 호텔 9층에서
뛰어내리기도 하고, 한강수변공원에서는 승용차들을 집어 던
지기도 했으며, 수많은 경찰들 앞에서 엄청나게 빠른 속도로
달려서 유유히 도망치기도 했다. 평범한 인간이라면 절대 그
렇게 하지 못한다.

더구나 경찰특공대에게 집중 공격을 받아서 즉사했던 텐
쵸오의 부하 중 한 명은 국과수 시체실에서 유유히 사라져 버
렸다.

강 형사는 힐끗 연달아를 쳐다보았다. 그는 연달아도 텐쵸
오하고 비슷한 능력을 지니고 있을 것이라고 짐작한다.

"텐쵸오는 초능력자입니다. 그녀를 가디언이라고 부른다
는 사실을 일본 경찰은 파악했습니다."

강 형사는 처음 듣는 말에 즉시 반응을 보였다.

"가디언? 그게 뭐요?"

다카하시는 손을 저어서 말을 가로막지 말라는 제스처를
해 보이고는 계속 설명했다.

"가디언은 5수행자 중 우두머리, 즉 제1수행자입니다. 제2

수행자는 정령이라 하고, 제3은 디스트로이어, 제4는 사도,
제5는 솔저라고 합니다.”

강 형사는 술이 확 깨는 기분이다. 그는 지난번 고방아의
집에서 다카하시가 연달아에게 수행자가 뭐 어쩌고 하면서
그에게 ‘사도’냐고 물었던 것을 기억하고 있다.

그러자 연달아는 아니라고 대답하면서 5수행자라는 것에
대해서 잘 알고 있는 것처럼 말했었다.

이후 강 형사는 다카하시에게 5수행자에 대해서 물었으나
그는 입을 굳게 다물었다. 그리고 연달아하고는 통 애기할 기
회가 없었다.

“일본 경찰이 텐쵸오에게 주목하고 있는 이유는…….”

다카하시는 매우 말하기 어려운 듯 약간 뜸을 들이다가 말
을 이었다.

“텐쵸오가 일본 내 정치권의 유력한 거물들과 깊이 유착되
어 있으며, 또한 여러 가지 굵직한 사업체를 거느리고 있으면
서 경제계에서도 무시 못할 파워를 지니고 있고, 게다가 일본
내의 내로라하는 야쿠자 조직에까지 영향력을 행사하고 있을
것으로 의심하기 때문입니다.”

강 형사는 텐쵸오가 그 정도로 막강한 인물일 줄은 몰랐다
는 듯 적잖이 놀라는 표정을 지었다.

“일본 내에서 텐쵸오가 거느리고 있는 사업체는 모두 보쿠

닌이라는 이름입니다. 한국어로 하자면 묵인(墨忍)으로 해석할 수 있습니다. 죄를 '묵인해 주다' 할 때 묵인이라는 뜻이 아니라, 먹 '묵' 에 참을 '인' 입니다. 일본어에는 '보쿠닌' 이라는 말이 없습니다."

연달아와 고방아는 묵묵히 들으면서 막걸리를 마시고 있지만, 충격을 받은 강 형사는 꼼짝도 하지 않은 채 귀를 기울이고 있다.

아랑은 연달아에게 안기듯이 기댄 자세로 그가 마시다가 내려놓은 막걸리를 입맛을 다셔가면서 맛있게 처리하는 중이다.

연달아가 60%를 마시면 그녀가 나머지 40% 정도를 마시고 있다.

그 바람에 벌써 얼굴이 발그레해졌다. 그녀는 취해도 걱정하지 않았다. 든든한 연달아가 옆에 있기 때문이다.

다카하시는 연달아와 고방아를 번갈아 쳐다보며 신시하게 말을 이었다.

"텐쿄오의 보쿠닌 그룹은 일본뿐만이 아니라 아시아 전역에서 사업을 하고 있습니다. 표면적으로 보기에는 합법적인 사업을 하고 있는 것 같지만, 실상은 많은 불법적인 일을 어둠 속에서 하고 있을 것으로 짐작하고 있습니다. 물론 탈세는 기본입니다."

다카하시는 잠시 숨을 고르고 나서 다시 설명했다.

"우리는 텐쿄오가 보유 재산의 90% 이상을 탈세했다고 추정하고 있습니다. 그런 식으로 텐쿄오는 막대한 재산을 끌어모으고 있지요. 보쿠닌 그룹은 일본재계에 30위권에 겨우 들지만 파악되지 않은 실제 자산은 제일 많을 것으로 추정하고 있습니다."

다카하시는 어두운 표정을 지었다.

"그런데 아무리 감시를 하고 치밀한 조사를 해도 보쿠닌 그룹의 불법을 찾아낼 수가 없는 겁니다. 그래서 정치권의 유력인사가 뒤를 봐주고 있으며, 야쿠자 조직을 손발로 부리고 있다고 의심하는 것입니다. 하지만 그것은 어디까지나 짐작일 뿐이지 증거가 전혀 없습니다. 범죄의 실마리를 잡았다 싶으면 중간에서 끊어지기 십상이고 또한 교묘하게 빠져나가고 맙니다."

다카하시는 착잡하게 고개를 절레절레 가로저었다.

"텐쿄오하고 유착되어 있는 정치권 유력인사가 누군지, 어떤 야쿠자 조직을 부리고 있는지 짐작조차 하지 못하고 있는 실정입니다. 그러니까 일본 경찰이 텐쿄오를 잡아들이지 못하는 겁니다."

다카하시와 강 형사는 완전히 술이 깬 것 같았다.

"아까 말했듯이 5수행자는 모두 초능력자들이고, 텐쿄오는 5수행자의 우두머리입니다. 그들은 초능력이나 막대한 뇌물을 이용하여 정치권 유력인사를 협박하거나 회유하고 야쿠자 조직들을 굴복시킨 것 같습니다. 어디까지나 짐작입니다만."

다카하시가 씁쓸한 표정으로 잠시 침묵을 지키자 강 형사가 줄곧 궁금하게 여기던 것을 물어보았다.

"다카하시 씨, 5수행자는 뭐하는 자들입니까?"

다카하시는 고개를 저었다.

"모르겠습니다."

"가디언은 수호자라는 뜻인데, 그렇다면 텐쵸오가 누군가를 수호하고 있다는 거 아닙니까?"

다카하시나 일본 경찰에서도 충분히 생각했을 내용이다.

"그렇게 짐작은 하고 있지만, 누굴 수호하는지는 모릅니다. 어쩌면 텐쵸오가 수호하고 있는 사람이 없는 것인지도 모르지요. 보구닌 그룹의 총수인 텐쵸오 정도의 거물이 대체 누굴 수호하겠습니까?"

강 형사는 고개를 갸웃거렸다.

"그렇다면 5수행자니 가디언이니 하는 것을 어떻게 알아냈습니까?"

"두어 달 전에 텐쵸오의 비서 중 한 명이 극비리에 경찰에 찾아왔었습니다. 그는 왠지 몹시 공포에 질려 있었는데, 그가 자백한 내용입니다.”

“비서가 그것만 자백했습니까?”

“그는 자백을 시작한 지 5분도 지나지 않아서 갑자기 입과 코에서 시커먼 피를 토하면서 몹시 괴로워하다가 곧 죽었습니다.”

강 형사는 어이없다는 표정을 지었다.

“죽어요? 경비가 삼엄한 경찰서 안에서 취조를 받다가 갑자기 죽었다는 말입니까?”

“그렇습니다. 그래서 우리는 비서가 5분 동안 자백한 내용만 알고 있는 것입니다.”

강 형사는 굳은 표정으로 물었다.

“텐쿄오가 비서를 죽였다고 생각합니까?”

다카하시는 고개를 끄덕였다.

“그렇습니다. 어떻게 죽였는지는 모르지만… 염력 같은 것을 사용했을 것이라고 추측합니다. 비서를 부검한 결과 몸 안의 장기가 모두 파열되어 있었습니다. 독약을 복용했거나 그 밖의 사인은 발견하지 못했습니다.”

“염력이라니 말도 안 돼…….”

강 형사는 고개를 세차게 저으며 부정했다.

“그런 건 SF영화 같은 데서나 나오는 거 아닙니까?”

“지난번에 텐쿄오가 손도 대지 않고 자동차를 던지는 것을 보지 않았습니까?"

"그건……."

강 형사는 한강수변공원에서 분명히 그 광경을 목격했다. 그리고 또 한 가지를 더 봤다. 연달아가 환두대도로 사도라는 자의 몸을 세로로 절단시켜서 죽이는 것과 고방아를 안고 총알처럼 빠르게 달려서 사라진 광경이다.

"그럼… 연 형 당신도 5수행자 같은 것입니까?"

강 형사는 지난번에 다카하시가 고방아의 집에서 물었던 질문을 똑같이 했다.

연달아는 강 형사에게 손을 들어 잠시 기다리라는 제스처를 하고는 다카하시에게 물었다.

"모두 말했소?"

"알고 있는 것은 전부 말했습니다."

연달아는 가볍게 고개를 끄덕였다.

"우리는 서로에게 도움이 될 수 있을 것 같소."

다카하시는 밝은 표정을 지었다. 정확하게는 모르지만 그는 연달아가 무언가 도움이 될 만한 것을 말해줄 것이라고 기대했다.

고방아는 연달아가 무엇을 결정했다는 사실을 짐작했다. 하지만 그녀는 아무 말도 하지 않았다. 연달아의 결정에 따를 생각이기 때문이다.

사사건건 그를 들볶고 못살게 구는 그녀지만, 이런 진지한 상황에서는 연달아를 존중하고 있다.

연달아는 주위를 둘러보더니 자신의 무릎을 베고 어느새 잠이 든 아랑을 둘러업고는 일어섰다. 그 바람에 그녀는 깨어나서 연달아를 꼭 끌어안았다.

"자리를 옮깁시다."

다카하시는 기대감으로 적잖이 긴장했고, 강 형사는 뭔지 모르지만 긴장했다.

강 형사와 다카하시를 원룸으로 데려갈 수는 없었다. 그들을 믿지만 자칫하면 노출될 수가 있다. 그렇게 되면 고방아가 위험해지거나 또 이사를 갈 수밖에 없다.

그래서 생각해 낸 것이 노래방이다. 방음도 잘돼 있기 때문에 노래만 하지 않으면 안성맞춤이다. 그걸 생각해 낸 사람은 고방아였다.

일행은 대로를 벗어나 좀 한적한 노래방을 찾기 위해서 뒷길로 들어섰다.

"저기 있군요."

심각한 표정으로 걸으면서 생각에 잠겨 있는 강 형사 대신 다카하시가 저만치 전방의 이층에 있는 노래방을 찾아내고 앞장섰다.

붕—

　그때 앞쪽 30미터쯤에서 승용차 한 대가 상향등을 켠 상태로 이쪽을 향해 달려오고 있었다.

　일행은 상향등 때문에 눈이 부셔서 급히 손으로 눈을 가리거나 차를 외면했다.

　하지만 연달아는 차를 똑바로 주시했다. 눈부신 헤드라이트 정도로는 그의 시야를 가리지 못한다. 그는 상향등을 뚫고 차 내부를 살펴보았다.

　세 명의 사내들이 타고 있었다. 운전을 하는 사내와 조수석, 그리고 뒷좌석에 한 명씩이다.

　그런데 연달아의 눈에 띄는 것이 있다. 조수석과 뒷좌석에 앉은 사내들이 총을 들고 있었다.

　고방아가 갖고 있는 짧은 권총이 아니라 그보다는 조금 긴 총이다.

　그리고 그 사내들이 총을 칭밖, 그러니까 연달아 일행이 걸어가고 있는 방향으로 겨누고 있었다.

　"다카하시! 엎드려!"

　5미터쯤 앞서 걸어가고 있는 다카하시에게 승용차가 가까이 다가왔을 때 위험을 감지한 연달아가 급히 외쳤다.

　다카하시는 걸음을 뚝 멈췄다가 연달아를 뒤돌아보지도 않고 그 즉시 땅바닥으로 몸을 내던졌다.

연달아가 다카하시에게 엎드리라고 외치는 소리를 고방아와 강 형사도 들었다. 그 외침은 두 사람에게도 엎드리라는 경고로 들렸다.

두 사람은 땅을 향해 몸을 던지면서 질주해 오는 승용차가 위험요소라 판단하고 반사적으로 품속에 손을 넣었다.

강 형사는 권총이 있지만 고방아는 없다. 트레이닝복을 입고 나왔기 때문이다.

어느새 승용차는 다카하시 곁을 스쳐 지나고 있다. 그리고 열린 조수석 창문과 뒤 창문 밖으로 두 자루 시커먼 총구가 튀어나왔다.

콰콰콰콰콰!

그 순간 두 자루 Vz61스콜피온 기관단총이 불을 뿜으며 벼락 치는 소리를 터뜨리며 조용한 뒷골목을 울렸다.

다카하시와 고방아, 강 형사는 모두 땅바닥에 엎드린 상태이기 때문에 기관단총에서 소나기처럼 발사된 탄환들은 모조리 그들의 위를 스쳐 지나 벽에 적중되었다. 실로 간발의 차이다. 그렇지 않았으면 총탄에 벌집 신세를 면하지 못했을 것이다.

차 안의 사내들은 다카하시와 고방아 등이 엎드릴 것이라고는 예상하지 못했기 때문에, 그리고 차가 빠르게 지나가면서 기관단총을 난사한 탓에 단 한 발도 명중시키지 못했다.

부앙!

무자비한 총질을 끝낸 승용차가 그들을 지나치면서 속력을 높일 때 엎드려 있던 강 형사가 상체를 일으키면서 앉은 자세에서 승용차를 향해 권총을 겨누었다.

"안 돼!"

순간 고방아가 급히 팔을 뻗으며 강 형사를 제지했다.

강 형사는 멀어지고 있는 승용차 지붕 위에서 연달아가 수직으로 내리꽂히고 있는 광경을 발견하고 움찔 놀랐다.

고방아와 강 형사가 있는 곳에서 승용차까지의 거리는 15미터 이상이다.

두 사람 바로 옆에 있던 연달아가 어느새 15미터 거리를 그것도 허공으로 높이 날아가서 승용차 지붕에서 내리꽂히고 있었다. 더구나 그는 아랑까지 업고 있다.

쾅!

연달아는 왼발을 구부린 채 오른발로 운전석 지붕을 짓밟아서 우그러뜨리며 운전자를 짓뭉갰다.

끼아악! 쾅!

그러자 승용차가 한쪽 방향으로 기울어지더니 무지막지하게 담벼락을 들이받았다.

연달아는 승용차의 오른쪽으로 살짝 내려섰다가 조수석과 뒷좌석의 사내가 굼틀거리면서 그에게 기관단총을 겨누려고 하자 번개같이 오른발로 조수석 문과 뒷문을 내찼다.

퍽! 퍽!

문짝이 안으로 깊숙이 함몰되면서 두 사내를 때리며 반대편으로 퉁겨지게 만들었다.

그때 고방아와 강 형사, 다카하시가 달려왔다. 강 형사는 승용차 안을 향해 권총을 겨누며 살폈으나 세 명 모두 피투성이가 되어 기절한 상태다.

강 형사는 느닷없이 일어난 습격에 너무 놀라서 정신이 없는 듯한 얼굴로 중얼거렸다.

"미국 갱영화에서나 보던 일이 대한민국에서 벌어지다니…도대체 어떤 놈들이야?"

"서양인들이야."

안을 살피던 고방아가 굳은 표정으로 말했다.

다카하시가 그녀의 말을 받았다.

"생김새로 봐서는 러시아인 같습니다. 이들의 Vz61스콜피온은 러시아 마피아들이 즐겨 사용하는 기관단총입니다."

연달아가 짓밟은 승용차 운전석 지붕은 아래로 깊숙이 함몰된 상태인데, 그 아래에 있는 운전자는 핸들에 얼굴을 처박은 채 뒤통수가 으깨어진 끔찍한 모습이다. 즉사한 것이 분명했다.

조수석과 뒷좌석의 사내들은 정장을 입고 있었으며, 승용

차가 담벼락과 충돌할 때의 충격과 연달아에게 가격당한 충
격으로 뻗어 있었다.

강 형사는 조수석과 뒷자리의 사내에게서 기관단총을 회
수하고는, 그들의 넥타이를 풀어서 두 손을 뒤로 돌려 단단히
결박했다.

그러는 사이에 고방아는 강남경찰서장 유도한에게 전화를
걸어 지금 상황을 간단하게 설명해 주었다.

아닌 밤중에 난데없는 총소리와 승용차 충돌 소리에 놀란
사람들이 꾸역꾸역 모여들었다.

강 형사와 다카하시는 자신들이 경찰이라고 소리쳐서 사
람들이 접근하지 못하게 했다.

다카하시는 유창한 한국어를 구사하는 덕분에 잠시 한국
경찰 노릇을 잘해냈다.

강 형사와 다카하시는 놀라움과 고마움이 교차하는 표정
으로 연날아를 쳐다보았다.

만약 그가 제때에 경고를 해주지 않았으면 두 사람은 물론
고방아까지 총알세례를 피하지 못하고 벌집이 되어 죽었을
것이 분명했다.

더구나 연달아는 모두들 보고 있는 눈앞에서 승용차보다
빠른 속도로 허공으로 날아올라 순식간에 범인들을 제압해
버리는 굉장한 솜씨를 발휘했다.

연달아에게 업힌 채 자고 있던 아랑은 그가 소리치는 바람에 깬 이후 총소리에 놀라 겁에 질려서 그의 등에 찰싹 달라붙어 있었다.

연달아는 놀라서 떨고 있는 아랑의 궁둥이를 두드려 주면서 말없이 달래주었다.

그로부터 10분이 채 지나지 않아서 강남경찰서 경찰들과 구급차가 현장에 도착했다.

늦은 밤이라서 유도한은 집에 있었기 때문에 급히 경찰서에 연락을 해서 경찰들을 출동시키고는 자기는 지금 오고 있는 중이라는 전화가 왔다.

강 형사는 현장을 경찰에게 넘기고 일행은 서둘러서 그곳을 떠났다.

제27장

보쿠닌 그룹

RUNNER
런너

총격이 있었던 뒷골목의 노래방에는 갈 수가 없어서, 연달아 일행은 그곳에서 두 블록쯤 떨어진 한적한 노래방을 찾아서 들어갔다.

러시아 마피아라고 추정되는 자들의 총격까지 받았던 터라서 강 형사와 다카하시는 극도로 긴장한 표정이다.

강 형사는 노래방 주인에게 신분증을 보이고는 아무도 들여보내지 말라고 주문했다.

가운데에 놓인 타원형의 테이블 주위로 다섯 사람이 둘러앉았으나 한동안 아무도 입을 열지 않았다.

아랑은 연달아와 마주 보는 자세로 그를 꼭 끌어안은 채 가슴에 얼굴을 묻고 있다.

연달아 옆에 책상다리를 하고 앉은 고방아가 이윽고 강 형사와 다카하시를 보며 처음으로 말문을 열었다.

"두 사람이 미행을 당한 것 같아."

"무엇 때문에?"

강 형사는 그럴 이유가 없다는 듯 고개를 가로저었다.

"나하고 이 사람을 죽이려고 그랬겠지."

고방아는 연달아를 가리키며 가라앉은 목소리로 말했다.

"지난번에 텐쵸오가 방아 너를 죽이려고 했던 것과 같은 이유인가?"

강 형사가 날카로운 눈빛으로 묻자 고방아는 말없이 고개만 끄덕였다.

"이번에도 그 이유는 말하지 않을 테냐?"

고방아가 들은 체도 하지 않자 강 형사는 못마땅한 듯 그녀를 쏘아보았다.

다카하시가 긴장된 표정으로 말했다.

"텐쵸오가 다시 움직이기 시작했군요."

고방아는 아무 말도 하지 않았다. 대답을 연달아에게 맡기려는 것이다.

중요한 때에는 그녀는 함부로 행동하지 않고 결정권을 연달아에게 일임하는 모습을 보이고 있다. 그만큼 그를 신뢰한다는 뜻이다.

잠시 침묵이 흐른 뒤에 연달아가 맞은편의 강 형사와 다카하시를 보며 조용히 말했다.

"텐쵸오는 아니오."

다카하시가 조심스럽게 물었다.

"어째서 그렇게 단정합니까?"

"텐쵸오는 우리가 데리고 있소."

"에엣?"

"뭐요?"

다카하시와 강 형사는 너무 놀라서 동시에 벌떡 일어났다.

연달아와 고방아는 아무 말도 하지 않았다. 강 형사와 다카하시가 믿건 말건 상관이 없다는 듯한 태도다.

하지만 지금 상황으로 봐서는 그것이 거짓말일 리가 없다. 또한 연달아의 말은 은연중에 천만금의 무게기 있이서 믿지 않을 수가 없다.

고방아는 연달아가 텐쵸오에 대해서 강 형사와 다카하시에게 말하는 이유를 아직은 짐작하지 못했다.

막걸리 몇 잔에 취한 아랑이 잠투정을 하자 연달아는 그녀의 궁둥이를 부드럽게 두드려 주고 나서 다카하시를 똑바로 주시했다.

“다카하시 씨.”

“말씀하십시오.”

다카하시는 자신도 모르게 긴장되고 또 연달아에게 공경해야 할 것 같아서 자세를 똑바로 하며 그를 바라보았다.

“아까 다카하시 씨가 말했던 텐쵸오의 보쿠닌 그룹의 불법에 대한 자세한 내용은 내가 알아봐 주겠소.”

다카하시는 눈을 커다랗게 떴다.

“정말입니까?”

“내일 경찰병원으로 오시오. 그때 알려주겠소.”

고방아는 유도한에게 여고생납치사건의 피해자들을 내일 정오까지 경찰병원에 모아달라고 요구했었다. 그곳에서 여고생들을 치료하는 일과 다카하시에게 정보를 제공하는 일을 병행할 생각이다.

다카하시는 꿈인지 생시인지 모르겠다는 표정을 지으며 어쩔 줄을 몰라 했다.

“가… 감사합니다.”

연달아는 가볍게 고개를 끄덕이고는 조용히 말했다.

“텐쵸오가 한국에 온 이유는 두 가지인 것 같소.”

이번에는 강 형사가 상체를 앞으로 숙이며 급히 물었다.

“그게 뭡니까?”

“고방아를 납치하거나 죽이는 것, 그리고 소녀들의 몸에서 추출한 액체를 가지러 온 것 같소."

강 형사와 다카하시는 연달아의 말을 제대로 알아듣지 못한 것 같은 표정을 지었다. 아니, 말은 알아들었으나 내용을 이해하지 못한 것이다.

텐쵸오는 엘루자호텔과 한강수변공원 두 차례에 걸쳐서 고방아를 죽이려고 했었다.

하지만 강 형사와 다카하시는 왜 텐쵸오가 고방아를 죽이려고 하는지 이유를 짐작조차 하지 못했다.

일본의 거물 텐쵸오가 대한민국의 여경찰을 죽여야 할 이유가 없기 때문이다.

고방아는 그것에 대해서는 아무 말도 하지 않고, 박미진 납치성폭행사건에 대해서 대충 간략하게 설명해 주었다.

"그 사건 알고 있다. 방아 네가 해결했다고 들었다."

강 형사는 심각하게 고개를 끄덕이고 나서 뭔가 짚이는 게 있는지 의아한 얼굴로 물었다.

"그런데 그게 텐쵸오의 짓이라는 거야?"

"그래."

고방아는 텐쵸오가 거느리고 있던 강남의 광도파가 야쿠자였다는 것, 광도파 밑에 있는 블랙스파이더를 비롯한 네 개 조직이 여고생들을 납치해서 해괴한 방법으로 그녀들의 몸에서 무슨 엑기스 같은 것을 추출했다는 것, 그리고 텐쵸오가 전국 주요 도시의 조폭 조직들을 장악하고 있으므로 그들도 같은 짓을 하고 있을 것으로 짐작된다는 사실 등을 설명해 주었다.

강 형사와 다카하시는 너무 놀라서 입을 딱 벌렸다. 하지만 두 사람이 놀라는 이유는 각기 달랐다.

"맙소사. 광도파 밑의 블랙스파이더 하나가 여고생 스물아홉 명을 그 지경으로 만들었다면 네 개 조직이면 대충 잡아도 백 명이 넘잖아. 그런데 그게 전국적이라면……."

그는 어이가 없고 분통이 터지는 듯 콧김을 뿜어내며 어쩔 줄을 몰라 했다.

"어휴! 미치고 환장하겠네! 텐쿄오 그년이 아예 대한민국 여고생 씨를 말리려고 작정을 한 거야 뭐야?"

다카하시는 테이블 위에 올려놓은 두 주먹을 움켜쥐면서 착잡한 표정으로 말했다.

"지금 일본에서도 유사한 사건이 벌어지고 있습니다. 현재까지 일본 전국에서 납치됐다가 사망, 실종, 혹은 다행히 집으로 돌아왔으나 식물인간 상태가 된 여고생 수가 자그마치 5백여 명이 넘습니다. 일본 역사상 이렇게 엄청난 규모의 납치사건은 처음입니다."

"일본에서도?"

"그렇습니다. 일본 전국에서 벌어지고 있는 그 엽기적인

사건 때문에 일본 경찰이 골머리를 썩고 있습니다. 그런데 한국에서도 똑같은 일이 벌어지고 있을 줄은 전혀 예상하지 못했습니다."

그는 확신하듯이 말했다.

"그렇다면 일본 여고생납치사건도 텐쵸오가 벌인 범행일 가능성이 거의 확실합니다. 텐쵸오는 일본 여고생으로도 모자라서 한국 여고생에게까지 그런 짓을 한 것입니다."

다카하시는 더할 수 없이 경직된 표정으로 허리를 꼿꼿하게 펴고 연달아를 쳐다보았다.

"하지만 이제 실마리가 풀렸습니다. 연달아 씨가 텐쵸오의 자백 내용을 저희에게 제공해 주신다면, 일본의 여고생납치사건은 조만간 해결될 것이라고 확신합니다."

그는 일어나서 연달아에게 깊숙이 허리를 굽혔다.

"뭐라고 감사의 말씀을 드려야 할지 모르겠습니다. 일본을 대표해서 제기 진심으로 감사드리겠습니다."

다카하시는 아직 연달아에게 정보를 제공받지 않았으면서도 미리 고마워하고 있다. 그것은 연달아더러 약속을 꼭 지키라는 무언의 압력이기도 하다.

텐쵸오의 보쿠닌 그룹과 유착, 결탁하고 있는 일본 정계, 재계의 거물들, 그리고 야쿠자 조직들을 일망타진하는 것과 일본열도 전역에서 벌어지고 있는 전대미문의 여고생납치사건이 한꺼번에 해결된다면 그것은 일본경찰사상 최고, 최대의 쾌거라고 할 수 있다.

그런데 그것이 다카하시의 손에서 시작되려 하고 있는 것이다. 그러므로 그가 연달아에게 얼마나 고마운 마음일지는 충분히 짐작하고도 남음이 있다.

"다카하시 씨."

"말씀하십시오."

연달아에 대한 다카하시의 태도는 원래 공손했으나 지금은 하나님을 대하는 듯했다.

"한 가지 부탁이 있소."

"뭐든지 말씀하십시오. 이 다카하시의 목숨이라도 달라고 하시면 드리겠습니다."

다카하시는 정말 목숨이라도 내놓을 듯한 기세다.

"일본의 텐쵸오 일당을 잡아서 심문을 할 때 쿠로카미라는 자에 대해서 알아봐 주시오."

"쿠로카미? 그가 누굽니까?"

다카하시와 강 형사뿐만 아니라 고방아도 궁금한 표정을 지었다. 그녀도 처음 듣는 이름이다.

연달아는 세 사람의 시선을 받으면서 조용히 말했다.

"일본 내에는 텐쵸오의 동료가 세 명이 더 있소. 쿠로카미는 그중 한 명이오."

고방아를 비롯하여 강 형사와 다카하시는 너무 놀라서 아무도 입을 열지 못하고 연달아를 쳐다보았다.

"오늘 쿠로카미가 한국에 왔소. 그가 온 목적은 텐쿄오 때문인 것 같소."

강 형사는 어이없다는 표정을 지었다.

"시경 외사과는 쿠로카미라는 자에 대한 아무런 정보도 갖고 있지 않습니다. 물론 그런 인물이 입국했다는 사실조차 파악하지 못하고 있습니다."

"반드시 쿠로카미를 찾아내야 하오."

다카하시는 몹시 긴장한 표정을 지으며 조심스럽게 물었다.

"쿠로카미에 대한 단서는 없습니까?"

"없소. 단지 일본의 거물이라고만 알고 있소."

"일본의 거물……."

강 형사와 다카하시는 똑같이 무기운 목소리로 중얼거렸다.

잠시 무거운 침묵이 흐른 후에 강 형사가 연달아에게 말했다.

"텐쿄오를 경찰에 넘길 생각은 없습니까?"

연달아 대신 고방아가 침을 찌르듯이 따끔하게 대꾸했다.

"경찰이 텐쿄오를 감당할 수 있을 것 같아? 그리고 텐쿄오 입을 열게 할 수 있겠어?"

"대한민국 경찰을 우습게 아는군."

"그래. 우습게 알아."

"고방아."

고방아는 시니컬하게 미소 지었다.

"텐쿄오를 잡은 게 대한민국 경찰이야?"

강 형사는 입이 붙어버렸다.

고방아의 힐난은 계속됐다.

"잡아놓은 텐쿄오 부하마저도 놓쳐 버렸잖아. 그런 경찰에게 텐쿄오를 넘기라고? 텐쿄오를 놔주라는 소리랑 뭐가 달라? 아예 놔주라고 해."

"끙."

강 형사는 아무 소리도 못하고 신음소리만 냈다.

"그리고 우리가 잡아놓은 텐쿄오하고 부하 제5수행자인 솔저인가 뭔가 하는 놈을 조만간 넘겨줄 테니까 놓치지 않고 잘 간수해."

고방아의 말에 강 형사는 기대 어린 표정을 지었다.

"정말이야?"

"되놈 빤스를 삶아 먹었나? 왜 사람 말을 못 믿어?"

"고맙다. 될 수 있으면 빨리 넘겨다오."

고방아는 내친김에 아예 강 형사와 다카하시의 기를 꺾어 놓고 싶었다.

"텐쵸오는 조무래기야. 진짜 우두머리는 따로 있다고."

강 형사와 다카하시는 크게 한 대 얻어맞은 표정을 지었다.

"그게 누굽니까?"

"방아, 그게 무슨 소리야?"

두 사람은 동시에 외치듯이 물었다.

고방아는 아차 하는 표정을 짓고는 고개를 가로저었다.

"아무것도 아냐. 못 들은 걸로 해."

"들은 얘기를 어떻게 못 들은 걸로 하냐? 방아, 도대체 텐쵸오 윗대가리가 누구야?"

그때 연달아가 아랑을 안고 일어섰다.

"그만 가보겠소."

고방아가 얼른 따라 일어서자 강 형사와 다카하시는 놀라고 또 당황한 표정을 지었다.

연달아는 뒤도 돌아보지 않고 노래방을 나왔다.

*　　　*　　　*

연달아는 원룸에 들렀다가 밴틀리를 몰고 고방아, 아랑과 함께 청평 별장으로 갔다.

그는 아랑 엄마 서유라에게 전화를 걸어 아랑이 자기와 함께 있다고 안심시키는 것을 잊지 않았다.

연달아가 청평 별장에 도착했을 때까지도 연연화와 고선우는 지하실에서 텐쵸오를 붙잡고 자백을 받아내느라 씨름을 하고 있었다.

지하실에는 여러 가지 도구들이 눈에 띄었다. 커다란 물통과 배터리와 점프선, 몽둥이 같은 것들인데 텐쵸오를 고문하는 데 사용한 모양이었다.

하지만 결과적으로 연연화와 고선우는 텐쵸오에게서 아무것도 알아낸 것이 없었다.

두 사람은 텐쵸오가 초능력을 잃었다고 만만하게 여겼다가 고전을 면치 못하고 있었다. 그녀의 정신력은 초능력 이상이었던 것이다.

연달아와 고방아가 도착하자 고선우와 연연화는 죄스러워하며 어쩔 줄을 몰라 했다.

하지만 연달아는 두 사람을 조금도 나무라지 않고 오히려 애썼다며 위로해 주었다.

이곳까지 오는 내내 곤히 자고 있던 아랑은 청평 별장에 도착해서야 잠이 깼다.

연달아는 아랑을 업고 지하실로 내려가서 한쪽의 소파에 내려놓았다.

그런데 고방아는 그것을 적잖이 못마땅하게 생각했다. 아랑을 여기까지 데리고 온 것도 그렇지만, 텐쵸오를 심문하고 있는 지하실에까지 데리고 내려온 연달아의 행동을 이해하지 못했다.

아랑은 연달아하고 떨어져 있지 않아서 좋았지만, 지하실의 상황을 보고는 매우 놀라는 표정이다.

연연화와 고선우는 아랑이 누군지 알고 또 연달아가 데려왔기 때문에 신경도 쓰지 않았다.

"선우."

연달아는 텐쵸오가 누워 있는 침대 옆에 서서 그녀를 굽어보며 고선우를 불렀다.

"말씀하십시오."

그의 뒤에 공손히 서 있는 고선우가 대답했다.

"텐쵸오가 자백을 시작하면 내용이 많을 텐데 그것을 기록하는 것이 좋겠다."

침대에 반듯한 자세로 누워서 눈을 감고 있는 텐쵸오의 얼굴에 얼핏 불안한 기색이 스쳤다.

그녀는 물고문과 전기고문 등을 당해서 머리카락과 상의가 물에 흠뻑 젖었으며 꼴이 말이 아닌데 채 하루도 지나지 않은 사이에 몹시 수척해진 모습이었다.

연달아에게 붙잡히고 또 그에게 모든 능력을 제압당한 텐쵸오는 그를 몹시 두려워하기 때문에 방금 그가 한 말에 바짝 긴장했다.

그가 어떤 방법을 사용할지는 모르지만, 그라면 충분히 그럴 만한 능력이 있을 것이라고 생각하기 때문이다.

"노트북으로 기록하겠습니다."

고선우가 급히 위층으로 달려 올라갔다가 노트북을 갖고 돌아왔다.

그때 텐쵸오가 눈을 뜨고 체념한 듯한 얼굴로 말했다.

"그래, 좋다. 내가 알고 있는 것을 모두 말하겠다."

고방아는 가소로운 표정을 지었다.

"한마디만 더 하면 주둥이를 찢어주겠다."

텐쵸오는 일단 연달아가 손을 쓰면 자기가 알고 있는 비밀을 모조리 토해낼 수밖에 없을 것이라고 판단한 것이 분명하다.

그래서 그녀 스스로 자백을 하겠다고 해서 자백해도 괜찮은 것들만 실토하고 정작 중요한 내용들은 말하지 않으려는 속셈을 고방아가 간파한 것이다.

아니, 간파고 뭐고 그 정도를 짐작하지 못할 사람이 이 중에 대체 누가 있겠는가.

하지만 그 정도 위협에 가만히 있을 텐쵸오가 아니다.

"모든 것을 다 말해준다는데 어째서……"

퍽!

"캑!"

고방아의 주먹이 텐쵸오의 입을 내리찍었다. 가디언이 아닌 평범한 인간이 된 텐쿄오는 그 한 방에 이빨이 세 개가 부러지고 위아래 입술이 걸레처럼 찢어졌다. 고방아는 약속을 지켰다.

고선우와 연연화가 하루 종일 텐쿄오에게 매달려서 온갖 방법을 다 사용했어도 한마디도 실토를 받아내지 못했었지만, 연달아는 단 10초 만에 목적을 이루었다.

그가 손을 활짝 펴서 텐쿄오의 조그만 머리통을 문어발처럼 붙잡고 전능을 주입하는 것으로 모든 게 오케이였다.

텐쿄오는 연달아에게 정신이 제압당해서 자기가 알고 있는 모든 내용들을 줄줄 실토했고, 고선우는 그 앞에 앉아서 그 내용들을 노트북에 담는 중이다.

그런데 연달아는 텐쿄오의 정신을 제압하면서 한 가지 사실을 더 터득하게 되었다.

그는 조금 전에 텐쿄오의 정신을 제압할 때 두 가지를 발휘했다. 반드시 할 수 있다는 '확신' 과 '전능' 이다.

그래서 그는 자신의 전능을 발휘하는 데 있어서 무엇보다도 중요한 것이 '확신' 이라는 사실을 깨닫게 되었다.

전능으로 할 수 있는 한계가 어디까지인지는 모르지만, 전능만큼 중요한 요소가 바로 '확신' 이었다.

연달아와 고방아, 아랑은 테라스가 있는 이층의 가장 큰 방
에 모여 있었다.

고방아는 연달아가 아랑을 데려온 데에는 반드시 무슨 이
유가 있을 것이라고 생각했다. 그리고 그가 먼저 그 이유를
말해주기를 기다렸다.

"맥주 마시겠느냐?"

연달아는 냉장고에서 맥주를 꺼내며 고방아에게 물었다.

"응."

소파에 마주 보고 앉은 고방아와 아랑은 똑같이 대답하고
는 서로를 쳐다보았다.

연달아는 캔맥주 세 개를 가져와서 고방아와 아랑에게 하
나씩 주었다.

탁!

그런데 고방아가 아랑의 손에서 캔맥주를 뺏어서 탁자에
내려놓았다.

"왜 그래요?"

"미성년자잖아."

"다 컸거든요."

아랑이 캔맥주를 집으려고 하자 고방아는 조용히 경고했다.

"그거 손대면 대가리에 피도 마르지 않은 것들이 몰래 술
마시다가 나한테 걸려서 어떻게 됐었는지를 너도 경험하게

될 거야."

"오빠……."

아랑은 고방아를 이길 수 없으니까 옆에 앉아서 캔맥주를 마시는 연달아에게 매달리며 도움을 청했다.

고방아는 탁자 위 연달아 앞으로 긴 다리를 꼬아서 뻗으며 중얼거렸다.

"대한민국에는 미성년자는 술을 마셔선 안 된다는 법이 엄연히 존재하고 있어."

연달아는 아랑을 보며 미소 지었다.

"그렇다는구나."

"히잉."

고방아는 맥주를 시원하게 들이켜고 나서 갖고 온 쇼핑백을 탁자에 던지듯 내려놓았다.

"입든가 버리든가 마음대로 해."

부스럭.

연달아가 쇼핑백에서 꺼낸 것은 위아래 한 벌 고급 트레이닝복이다.

우연의 일치인지 고방아가 입고 있는 것과 같은 색상이고 같은 디자인이었다. 물론 같은 브랜드다.

연달아는 즉시 일어나서 옷을 훌훌 벗어 팬티만 입고는 트레이닝복으로 갈아입었다.

검은색 바탕에 흰색의 영문 글씨와 브랜드 로고가 새겨진 디자인이며, 지퍼를 목까지 올리니까 원래 키가 큰 편인 그가 더욱 늘씬하고 스마트해 보였다.

"멋있어! 오빠!"

아랑이 박수를 치며 환호성을 질렀다. 그녀는 조금 전에 고방아가 맥주를 마시지 못하게 해서 뽀로통했었지만, 연달아가 입은 트레이닝복이 너무 근사한 것을 보고는 언제 그랬느냐는 듯이 기뻐했다.

아랑은 고방아에게 엄지를 치켜세웠다.

"오! 방아 언니 제법 안목 있는데?"

고방아는 아랑이 예상외로 꽁한 성격이 아니라는 게 조금 마음에 들었다.

더구나 고방아가 지켜본 아랑은 대한민국 최고의 아이돌답지 않게 건방지지도 까탈스럽지도 않았다.

"언니, 나도 똑같은 걸로 사 입을까?"

아랑은 눈을 반짝반짝 빛내면서 고방아에게 허락을 구했다. 마음에 들면 그냥 사서 입으면 될 것을 구태여 고방아의 허락을 얻으려는 것이 조금은 기특했다.

"너 말이 짧다?"

"헤헤! 내가 좀 혀가 짧아. 언니가 이해해 줘."

연달아와 고방아는 몇 가지 공통점이 있는데, 그중 하나가

귀엽게, 그리고 살갑게 구는 사람한테는 모질게 대하지 못한
다는 사실이다.

"이거 아주 편하구나."

트레이닝복을 입은 연달아는 이리저리 걸어보고 또 팔다
리를 움직여 보면서 몹시 마음에 들어 했다.

"고맙다, 방아."

고방아는 쓰다 달다 대꾸하지 않고 일어나서 냉장고로 가
더니 캔맥주를 두 개 더 갖고 왔다. 그사이에 아랑 주려고 했
던 것까지 다 마신 것이다.

대형냉장고 안에는 캔맥주뿐만 아니라 여러 종류의 고급
술들이 가득 들어 있었지만, 고방아는 다른 술은 거들떠보지
도 않았다.

트레이닝복을 입은 연달아가 소파에 앉자 아랑이 냉큼 그
의 허벅지에 올라앉아 등을 그의 가슴에 대고 편안한 자세를
취했다.

그리고는 연달아가 마시다가 내려놓은 캔맥주를 고방아의
눈치를 살피면서 몰래 집어서 홀짝거렸다.

고방아는 그것을 보고서도 모른 체했다. 아까보다는 아랑
하고 조금 더 가까워졌다고 생각하기 때문인 듯했다.

하지만 한 가지는 꼭 짚고 넘어가야 했다. 아랑이 항상 연
달아 무릎에 앉아 있는 것이 눈에 거슬렸다.

아랑이 아무리 어리다고 해도 여자인데, 혈기왕성한 연달아에게 그런 자세로 앉아 있으면 비록 옷을 입고 있다고 해도 서로의 은밀한 부위가 맞닿고 또 움직이면 그 부분이 서로 마찰될 것이 아니겠는가.

더구나 아랑이 연달아와 서로 마주 보고 앉는 자세는 더욱 그렇다.

그것은 어떻게 보면 남녀의 성행위 자세이기도 하다. 그래서 고방아는 전부터 그것이 꽤 신경이 쓰였다.

게다가 고방아는 아까 원룸에서 연달아가 TV에 나온 아랑의 섹시한 모습을 보면서 그 부분이 발기된 것을 똑똑히 목격했다.

그것은 연달아가 아랑을 아이가 아닌 한 명의 여자로 느끼고 있다는 명백한 증거였다.

"야."

"랑이라고 불러. 방아 언니."

고방아가 작심하고 부르자 아랑이 생글생글 웃으면서 아예 대놓고 캔맥주를 치켜들어 보였다.

고방아는 무릎까지 내려오는 치마를 입은 아랑이 연달아를 소파 삼아서 편안하게 기대고 앉아서 다리를 넓게 벌리고 있는 것을 가리키며 정색을 했다.

"랑아, 너 그렇게 앉는 것……."

“언니도 이렇게 앉아볼래? 정말 편해.”

그런데 아랑이 밝은 표정으로 발딱 일어나더니 고방아의 손을 잡아끌었다.

“오빠, 가만히 앉아 있어봐. 언니, 여기 앉아서 등을 편안하게 오빠 가슴에 기대면 꼭 아빠 품에 앉아 있는 것 같은 기분이 들어.”

“됐다.”

고방아는 어이없다는 표정을 짓더니 아랑의 손을 뿌리쳤다. 아랑이 ‘아빠 품’이라고 하는 말에 자신이 너무 과민반응을 하는 것이 아닌가 하는 생각이 들었기 때문이다.

이제 보니 아랑은 연달아에게 한사코 달라붙는 것이 아빠가 그리워서 그러는 듯했다. 그런 것을 타박하다니 언니로서 할 짓이 아니다.

그러고 보니까 고방아도 아랑도 아버지가 없이 성장했다. 둘은 그런 아픈 공통점을 깊고 있었다. 같은 아픔이지만 고방아는 아버지에 대한 원망을 품고, 아랑은 그리움을 품고 있는 것이다.

그때 연연화가 올라와서 고선우가 순조롭게 텐쵸오의 자백을 기록하고 있으며, 워낙 내용이 많아서 오래 걸릴 것 같다고 전해주었다.

그러고 나서 연연화는 방 한쪽에 딸린 주방에서 몇 가지 요리를 만들어 소파로 가져왔다.

그녀는 과묵하고 무뚝뚝한 성격과는 달리 요리 솜씨가 무척 뛰어났다.

"연화야, 너도 먹어라."

연달아는 돌아서 나가려는 연연화를 불렀으나 그녀는 한사코 사양했다.

"연화야, 우린 가족이다."

연연화는 다소곳이 서서 아련한 표정으로 연달아를 조심스럽게 바라보았다.

"그리고 먹으면서 네가 해야 할 일이 좀 있다."

결국 연연화는 더 이상 사양하지 못하고 고방아의 옆에 꼿꼿하게 앉아서 함께 요리를 먹었다.

연연화는 요리를 조금 먹다가 젓가락을 내려놓고 공손히 연달아에게 물었다.

"제가 할 일이 무엇입니까?"

"음. 랑이에게 우리에 대해서 네가 설명해 줘라."

연연화뿐만 아니라 고방아까지도 깜짝 놀랐다.

"우리에 대해서… 모두 말입니까?"

"그래."

연달아는 아랑이 수호자의 한 명이라고 확신하기 때문에 그녀에게 모든 것을 설명해 주려는 것이다. 수호자로 받아들이는 것은 그다음 문제다.

연달아는 자신이 워낙 말주변이 없기 때문에 아랑이 알아들도록 모든 것을 조리있게 설명할 자신이 서지 않았다. 고방아도 말주변이 없기는 마찬가지다. 게다가 그녀는 말하는 것 자체를 귀찮아한다.

"그런데 저는……."

연연화는 얼굴을 붉혔다.

"왜 그러느냐?"

"워낙 말주변이 없어서… 죄송합니다."

말주변이 없다는 데야 뭘 어쩌겠는가. 연달아와 고방아, 연연화까지 말주변 없는 세 사람이 마주 보고 앉아서 그저 요리를 먹고 맥주를 마실 뿐이다.

연달아의 가슴에 기대앉은 아랑은 고개를 돌려 그를 보며 궁금해 죽겠다는 표정을 지었다.

"무슨 얘긴데 그래? 오빠에 대해서 내가 모르는 게 있어?"

"나중에 얘기해 주마."

연달아는 빙그레 미소 지었다. 고선우가 텐쵸오의 심문을 마치고 오면 그에게 설명을 시킬 생각이다.

제28장

나는 살아 있다

RUNNER
런너

연연화는 일찌감치 지하실로 내려갔고, 맥주를 스무 개 이상 마신 연달아와 고방아, 아랑은 새벽 4시가 돼서야 고선우를 기다리는 것을 포기하고 술 마시기를 그만두었다.

20병 이상 되는 넓은 방 한쪽에는 바닥까지 닿는 길고 얇은 망사 커튼이 쳐져 있는데 그 안쪽에는 대형침대가 있고, 그곳에서 고방아와 아랑이 자고 있다.

두 여자는 술이 꽤 취해서 서로 얼싸안은 채 깊이 잠든 상태다.

연달아는 테라스에 우뚝 서서 달빛에 빛나는 호수를 묵묵히 바라보고 있다.

지금 그의 머릿속은 두 가지 생각으로 가득 차 있다.

하나는 21세기에 그의 손으로 고구려의 고토를 되찾아 새로운 제국을 세운다는 사실이다.

멸망한 고구려에서 2012년 대한민국으로 온 그에게는 생각만 해도 가슴이 뛰는 원대한 야망이다.

그리고 또 하나는 그 목적을 이룩하기 위해서는 필연적으로 당태종 이세민, 즉 묵인자와 맞서 싸워야 하고 반드시 그를 제거해야 한다는 것이다.

하지만 묵인자에겐 무려 열네 명의 아들과 스물두 명의 딸이 웅크리고 있다.

그의 자식은 무려 서른여섯 명이다. 그것은 서른여섯 명의 가디언이 있다는 뜻이다.

연달아는 그중에서 이제 겨우 첫 번째 한 명 텐쿄오를 제압했을 뿐이다.

앞으로 남은 가디언이 서른다섯 명이다. 고구려제국 건설이라는 멀고 험난한 길에 이제 겨우 한 걸음을 떼어놓은 것이다.

하지만 연달아는 기가 꺾인다거나 포기하고 싶은 마음 따위는 추호도 들지 않았다.

오히려 그 반대로 남은 서른다섯 명의 가디언을 차례로 제거하고 마지막에는 묵인자를 죽여서 기필코 고구려제국을 이룩하고 싶다는 의지가 가슴속에서 활활 불타올랐다.

그는 조금 눈을 붙여야겠다는 생각을 하고 테라스에서 방으로 들어와 창문을 닫았다.

커튼을 걷고 침대로 다가간 그의 입가에 빙그레 엷은 미소가 떠올랐다.

고방아와 아랑이 서로 마주 보고 얼싸안은 자세로 자고 있었기 때문이다. 그 모습은 영락없이 자매처럼 보였다.

'자매?'

문득 연달아는 고개를 갸웃거리면서 고방아와 아랑의 얼굴을 번갈아 쳐다보았다.

두 여자는 매우 아름답다는 공통점은 있지만 전혀 닮지 않은 얼굴이다.

고방아는 이목구비가 시원시원한 서구적인 용모고, 아랑은 아기자기한 동양적인 용모다.

그런데도 연달아는 고방아와 아랑의 얼굴에서 시선을 떼지 못했다.

아니, 나중에는 아랑의 깊이 잠든 너무나 귀여운 얼굴에 눈길이 못 박혀 오랫동안 떠나지 않았다.

그는 아랑의 얼굴에 어떤 여자아이의 얼굴이 겹쳐지는 것을 느꼈다.

'고아랑…….'

겹쳐진 여자아이의 이름은 고아랑이었다. 그리고 연달아가 처음으로 고아랑을 만났을 때 그녀는 겨우 돌이 지난 아기였다.

그때 여덟 살의 소년이었던 연달아는 아버지 연개소문과 함께 마차를 타고 평양성의 황궁에 갔었다. 그와 정혼한 고방아를 처음으로 만나러 갔던 것이다.

연달아는 보장태왕과 황후, 그리고 왕자들과 공주들을 두루 만난 자리에서 보장태왕의 다섯째 딸이며 막내인 갓 돌이 지난 청명공주(青命公主) 고아랑을 보았었다.

이후 연달아는 시간이 날 때마다 고방아를 만나러 황궁에 갔었고, 그때마다 자신의 막내여동생 고아랑을 유난히 예뻐하는 고방아 덕분에 연달아와 고방아는 늘 고아랑을 데리고 함께 놀았었다.

그러다가 나중에는 고방아보다 연달아가 더 고아랑을 좋아하게 되었다.

고아랑은 울다가도 연달아만 보면 방글방글 웃었고, 그에게 안기거나 업혀서 한시도 그에게서 떨어지지 않았다.

그렇게 커가면서 고아랑은 부모나 형제자매보다도 연달아를 더 좋아하고 따랐다.

세월이 흘러서 연달아의 나이 열다섯 살, 고구려의 어린 장수가 되어 국경으로 떠나게 되었을 때 고아랑은 여덟 살이었다.

그동안 연달아와 흠뻑 정이 들었던 고방아보다 고아랑이 더욱 이별을 슬퍼했었다.

아니, 고아랑은 연달아하고 헤어지는 것을 세상이 끝나고 자기 목숨이 끊어지는 것인 양 몸부림치며 절규했었다.

그때 고아랑이 목 놓아서 울부짖었던 말이 아직도 연달아의 귓가에 쟁쟁하다.

"다음에 달아 오라버님 만나면 아랑이 오라버님의 두 번째 부인이 될 거야! 맹세해!"

연달아는 병원에서 아랑을 처음 봤을 때 어째서 은연중에 마음이 끌렸는지 이제야 깨달았다.

아랑은 고구려의 마지막 황제 보장태왕의 다섯째 딸로서 연속환생자였던 것이다.

다른 사람들은 그런 느낌이 없지만, 고구려에서 곧장 현재로 건너온 연달아에겐 연속환생자를 보면 기이한 끌림이 있는 듯했다.

아랑이 왜 연달아만 보면 죽자 사자 업히고 안기는 것인지도 알 수 있을 것 같았다.

전생의 질긴 인연이 1340여 년이 흐른 후에도 알게 모르게 이어져 흐르고 있는 것이다.

연달아는 다시 테라스로 나가서 창문을 닫았다. 그리고 목에 걸고 있는 휴대폰에서 아까 고방아가 걸어주었던 서유라의 전화번호를 찾아내서 눌렀다.

얼마나 오빠를 사랑하는지 헤아려 볼까요.
오빠만 생각하면 숨이 막혀 버려요.
오빠 모습만 떠올리면 가슴이 터질 것 같아요.
얼마나 오빠를 사랑하는지 헤아려 볼까요.
내 생명이 백 개라면 백 개의 생명이 다하는 날까지
내 마음이 바다라면 그 바다에 오빠의 사랑을 가득 담아서
아아~~
오빠를 사랑해요. 너무나 사랑해요.

휴대폰에서 노랫소리가 잔잔하게 울렸다. 처음 듣는 노래인데 아랑의 목소리가 분명했다. 듣고 있으면 가슴을 적시는 아름다운 노래다.

아까 아랑이 새로운 곡을 자기가 직접 만들었다고 말했는데 그 곡인 것 같았다.

노래가 한참이나 흐르고 나서야 서유라의 잠이 덜 깬 듯한

목소리가 들렸다.

“여보세요.”

“연달아요.”

“아… 달아 오빠.”

서유라도 아랑처럼 연달아를 ‘달아 오빠’ 라고 부른다.

그녀는 연달아의 목소리를 듣더니 금세 목소리가 또렷하고 긴장됐다. 무슨 일이 생겼을지 모른다는 불길한 예감이 든 모양이다.

“무슨 일이에요, 달아 오빠?”

연달아는 거두절미하고 본론부터 말했다.

“랑이 원래 성이 고 씨가 아니오?”

“그걸 달아 오빠가 어떻게…….”

“랑이 아버지 이름이 고장 아니오? 성이 고에 이름이 장.”

“맞아요. 그걸 어떻게 알았어요?”

서유라의 목소리가 팽팽해졌다.

고방아의 아버지 보장태왕의 이름이 고장이다. 이것으로 확인은 끝났다.

과연 무슨 사연이 있었는지 모르지만, 아랑은 고방아의 배다른 이복동생이 분명하다.

1340여 년 전에도 고방아와 고아랑은 어머니가 각기 달랐었는데 현재도 그렇다. 고방아는 황후의 소생이고 고아랑은 후궁에게서 태어났었다.

어쨌든 보장태왕은 자신의 자식들 중에 셋째 딸과 다섯째 딸을 이 시대에 낳은 것이다.

그것도 두 명의 여자에게서 배다른 딸 둘을 낳게 했다. 어쩌면 이것은 보장태왕의 안배일 수도 있다. 그는 정말 신비한 인물이다.

"나는 그를 잘 알고 있소."

연달아의 말에 서유라의 목소리가 높아지고 커졌다. 그리고 울기 시작했다.

"달아 오빠… 그이 어디에 있어요? 아직 살아 계신가요?"

"살아 계십니다."

"달아 오빠, 지금 어디에 있어요? 제가 그쪽으로 갈게요. 네? 우리 얘기 좀 해요! 거기 어디예요?"

"나중에 얘기합시다."

연달아는 매정하게 전화를 끊었다. 휴대폰을 붙들고 있어봤자 더 이상 할 얘기가 없기 때문이다.

그가 창문을 열려고 하는데 휴대폰에서 아랑의 노랫소리가 흘러나왔다. 서유라가 전화를 한 것 같았다.

그는 물끄러미 휴대폰을 굽어보다가 전원을 끄고 안으로 들어갔다.

연달아가 소파에 길게 누워서 자고 있는데 연연화가 들어와 그에게 조심스럽게 이불을 덮어주었다.

"선우는?"

연달아가 눈만 뜨고 묻자 연연화는 자기 때문에 그가 깬 것을 알고 미안한 표정을 지었다.

"밖에 서 있습니다."

고선우는 텐쵸오에 대한 심문이 끝났으나 연달아에게 보고해야 한다는 생각에서 방 밖에서 기다리고 있는 것이다. 그걸 짐작한 연달아는 눈을 감으며 중얼거렸다.

"둘 다 한숨 자고 나서 얘기하자."

"네."

연연화는 조용히 방을 나갔다.

*　　*　　*

우두두두ㅡ

가을하늘 아래 5백여 기의 군마(軍馬)들이 질서정연하게 지축을 울리면서 초자하(哨子河)를 따라서 상류 쪽으로 드넓은 초원을 달리고 있다.

이들은 고구려가 자랑하는 최강의 정예부대인 철갑기병(鐵甲騎兵)이며, 5백여 필의 준마들이 달리는 소리가 마치 천둥

나는 살아 있다 191

이 치는 듯 하늘과 땅을 뒤흔들고 있다.

철갑기병의 말과 기병 둘 다 번뜩이는 시커먼 철갑으로 온몸을 감싸고 있어서 보는 것만으로도 등골이 저릴 만큼 섬뜩한 모습이다.

말 위에 앉은 기병들은 얼굴 앞쪽에 눈만 트이고 목까지 덮인 검은 철갑 투구를 썼으며, 몸 전체를 역시 검은 철갑으로 둘렀고, 왼쪽 허리에는 금빛이 번쩍이는 환두대도(環頭大刀)를 찼다.

그리고 안장 왼쪽 창꽂이에는 매우 긴 창이, 오른쪽에는 활과 화살통이 걸려 있다.

또한 철갑기병이 신고 있는 신발은 바닥에 길고 날카로운 송곳처럼 뾰족한 칼날이 촘촘하게 박힌 못신이다. 전투 시에 거의 마상(馬上)에서만 싸우는 이들은 적진을 돌파할 때 못신을 신은 발로 적을 걸어차는 것만으로 치명상을 입힐 수가 있다.

지금 당장 전투를 치러도 될 만큼 완전무장을 한 고구려의 철갑기병 5백여 기가 전력으로 초원을 질주하고 있다.

초자하 상류 쪽 강 건너 초원 끝자락에는 하늘에 닿은 듯한 웅장한 산이 아스라이 펼쳐져 있다.

요동벌 남동쪽에서 가장 크고 웅장한 봉황산(鳳凰山)이다.

고구려 사람들은 그 산의 삐죽삐죽 솟은 산봉우리들이 오

골계(烏骨鷄)의 벼슬을 닮았다고 해서 오골산(烏骨山)이라고
도 부른다.

오골산에서 북동쪽으로 6백 리쯤 가면 백두산(白頭山)이 있
다. 그러니까 오골산은 백두산맥에서 뻗어 나온 지맥(支脈)인
셈이다. 백두산맥의 다른 이름은 마천령산맥(摩天嶺山脈)이라
고 한다.

철갑기병들의 목적지는 바로 그곳 오골산이다.

촤촤아아—

초자하의 상류 수심이 얕은 곳에 이르자 철갑기병들은 거
침없이 강을 건너서 오골산을 향해 초원을 질주했다.

이들은 이곳에서 백 리쯤 떨어져 있는 백암성(白巖城)에 다
녀오는 길이다.

백암성이 당군(唐軍)의 공격으로 함락될 위기에 처했다는
급보를 받고 급히 도와주러 갔었으나 안타깝게도 백암성은
이미 당군 수중에 떨어진 후였다.

그러나 그곳에서 이들 철갑기병은 기절초풍할 소식을 들
었다. 신라와 당나라 연합군이 결국엔 고구려를 멸망시켰다
는 청천벽력 같은 소식이었다.

그리고 당금 고구려대제국의 황제이신 보장태왕께서 당나
라에 항복하셨다는 소식도 들었다.

극동(極東)의 거의 모든 지역을 영토로 삼아 대제국을 이루

어 절대적인 패자(覇者)로 군림해 왔던 고구려가 멸망했다는
사실은 실로 하늘이 무너지는 충격이 아닐 수 없다.

9월에 당군과 신라군이 연합하여 평양성을 함락시켜 보장
태왕을 제압하여 항복을 받아냈으며, 보장태왕과 황족, 수많
은 귀족들을 포로로 삼아서 당나라로 끌고 갔다는 것이다.

지금은 10월이다. 이들 철갑기병들은 오골성에 주둔하면
서 공격해 오는 수십만의 당군을 수십 차례나 대파하며 외부
와 완전히 차단되어 있었다.

그런데 그사이에 고구려가 멸망했다는 사실을 까맣게 모
르고 있었던 것이다.

"욕살! 저길 보십시오!"

그때 선두에서 나란히 달리던 세 사람 중 오른쪽의 처려근
지 유성왕자 고선우가 전방의 오골산을 가리키며 다급한 목
소리로 외쳤다.

요동욕살이며 오골성주인 연달아는 즉시 오골산을 쳐다보
다가 움찔 놀라서 두 눈이 약간 커졌다.

오골산 정중앙부의 산중턱쯤에서 연기가 꾸물꾸물 피어오
르고 있는 광경을 발견한 것이다.

길게 생각할 것도 없다. 그것은 요동 최대의 대성인 오골성
이 적의 공격을 받았다는 뜻이다.

그 순간 연달아의 머리를 번개같이 스치는 것이 있었다.

‘공주…….’

오골성에는 보장태왕의 셋째 따님이신 가연공주가 와 있다.

그녀는 여섯 살 어린 나이였을 때 이미 연달아의 정혼녀로 정해졌었다.

오랜 전쟁 때문에 아직 혼인을 하지 않았을 뿐이지만 가연공주는 연달아의 부인이나 다름없는 신분이다. 오골성이 당군의 공격을 받았다면 필경 가연공주도 무사하지 못할 것이다.

“이럇!”

연달아는 발뒤꿈치로 타고 있는 말의 옆구리를 힘껏 차는 것과 동시에 말에게 채찍을 휘두르면서 쏜살같이 앞으로 달려나갔다.

콰두두두—

오골산 중턱에 자리 잡은 오골성의 성문은 산산이 부서져 있었다.

우두두두—

연달아를 필두로 철갑기병들이 흙먼지를 일으키며 성문 안으로 쏟아져 들어갔다.

그러나 성안에 펼쳐진 광경을 목격한 철갑기병들의 눈에

서 번갯불 같은 눈빛이 뿜어졌다.

그들의 눈에 보이는 모든 것들이 잿더미였다. 간혹 큰 건물에서 뿌연 연기가 피어오르고 있었으나 덩치가 커서 오래 불타고 있다는 차이만 다를 뿐 성안의 모든 건물들이 재로 화해 있었다.

성문 쪽이 높고 성안이 야트막한 분지를 이루고 있어서 성안의 전경이 한눈에 들어왔다. 성안은 보이는 모든 것들이 잿더미였고 여기저기 잔해에서 연기가 피어오르고 있을 뿐이었다.

그뿐만이 아니다. 거리는 시체들로 넘쳐 났다. 대부분 무고한 부녀자와 노약자들이었다.

남자는 15세부터 50세까지 군사로 징집되어 전투에 나가거나 오골성을 지키는 임무를 맡고 있었으므로 성민들은 부녀자와 노약자들뿐이었다.

그들이 불에 탄 숯덩이나 목과 몸통, 팔다리가 잘린 처참한 목불인견의 시체가 되어 성안 곳곳에 흩어져서 철갑기병들을 맞이하고 있었다.

오골성에는 15만의 백성들이 살고 있었는데 생존자는 단 한 명도 없는 듯했다.

산더미 같은 시체들 틈에서 거리 양편에 쓰러져 있는 여자들의 모습이 보였다.

벌거벗은 몸이거나 하체를 드러낸 상태로 죽어 있는데 사타구니가 핏물에 물들어 있는 것을 보면 겁탈을 당했다는 것을 한눈에 알 수가 있다.

당군의 짓이다. 놈들은 고구려성을 함락시키면 살아서 움직이는 것은 깡그리 잔인하게 죽이는 악랄한 습성이 있다.

약탈이나 방화, 살인은 기본이고 여자라면 어린아이부터 노파까지 가리지 않고 여러 명이 달려들어서 겁탈을 한 후에 처참하게 죽여 버린다. 그것이 고구려군이 당군의 성을 함락시켰을 때와 사뭇 다른 점이다.

연달아는 성문 안에서 잠시 멈췄다가 그 광경을 둘러보고는 눈에서 시퍼런 살기가 번뜩였다.

성안을 둘러보던 그의 시선이 한곳에 멈추었다. 그곳은 오골성의 중심부에 위치한 군영(軍營)이다.

그곳에는 요동욕살의 저택이 있으며 오골성의 20만 군사들이 주둔하고 있다.

그런데 그곳도 잿더미가 됐다. 성문에서 군영까지는 5리 정도의 거리지만 워낙 시력이 좋은 연달아의 눈에는 똑똑하게 보였다. 성안이 이 지경이 됐는데 군영이라고 무사할 리가 없다.

우두두둑!

선두의 연달아를 위시로 철갑기병들은 군영을 향해 태풍

처럼 질주했다.

군영은 성안의 거리보다 더욱 처참한 광경으로 연달아를 맞이했다.

요동 최대 규모를 자랑하는 오골성의 군영은 총 3백여 채의 건물로 이루어졌는데, 그것들은 모조리 잿더미로 변했으며 여기저기에서 연기가 피어오르고 있었다.

군영 곳곳에는 군사들의 시체가 넘쳐 났다. 더러 민간인들의 시체도 보였으나 군사들 시체가 압도적으로 많았다.

오골성에 주둔하고 있는 고구려군이 당군의 공격을 받고 싸우던 중에 밀려서 군영을 최후의 보루로 삼고 항전을 하다가 전멸당했다는 사실을 한눈에 알 수가 있는 광경이다.

원래 오골성의 전성기에는 50만 대군이 주둔하고 있었다. 그러나 몇 년째 이어지는 전쟁에 30만을 잃고 20만이 남아 있었는데 그마저도 모두 죽고 만 것이다.

"으으……."

마상에서 그 광경을 둘러보던 연달아는 분노로 몸을 떨며 신음소리를 냈다.

자신이 이끌던 20만 군사들이 전멸을 당했으니 피 끓는 심정이야 오죽하겠는가. 더구나 그가 철갑기병들을 이끌고 백암성을 도우러 오골성을 비웠던 이틀 사이에 전화(戰禍)가 휩

쓸고 간 것이다.

　그가 있었다고 해도 오골성이 전멸하는 운명은 크게 변하지는 않았을 것이다. 하지만 최소한 군사들을 이끌고 끝까지 싸우다가 장렬하게 죽음을 맞이할 수는 있었을 것이다. 그것은 장수의 마지막 희망이다. 그래서 그는 그것이 안타까운 것이다.

　"욕살! 어서 가연공주님을 찾아보십시오!"

　옆에 있던 심복 처려근지 고선우가 소리치자 퍼뜩 정신을 차린 연달아는 말을 몰아 곧장 성주의 저택으로 달려갔다.

　성주의 저택도 잿더미가 된 상태였다. 그 주위에는 숯덩이가 된 시체들과 가연공주의 호위군사들, 그리고 시녀들 수십 명이 처참한 시체가 되어 나뒹굴어 있었다.

　물론 시녀들은 한결같이 벌거벗겨지거나 아랫도리가 벗겨진 채 강간을 당하고 죽은 끔찍한 모습들이었다.

　연달아가 가장 걱정하고 있는 가연공주의 모습은 어디에서도 보이지 않았다.

　그렇다는 것은 당군이 그녀를 끌고 간 것이 분명했다. 그녀를 죽이지 않은 것이 불행 중 다행이다.

　아니, 그녀는 공주의 신분이니까 함부로 죽이지도 몹쓸 짓을 하지도 않을 것이다. 그녀를 살려둬야 이용가치가 많을 테니까 말이다.

이런 상황일 것이라고 짐작은 했었지만 막상 현실로 드러나자 연달아는 치밀어 오르는 분노와 가연공주에 대한 걱정으로 견디기 힘은 착잡한 심정이 되었다.

그는 즉시 심복 고선우를 불러 명령했다.

"당군이 어디로 향했는지 흔적을 찾아라!"

콰두두두두—

연달아가 이끄는 5백여 철갑기병은 초자하를 건너 서쪽을 향해 전력으로 내달리고 있다.

오골성을 멸망시킨 당군이 서쪽으로 향하고 있는 흔적을 찾아냈기 때문에 추격하는 중이다.

서쪽 끝에는 당나라가 있다. 그러므로 적들은 가연공주를 끌고 당나라로 가고 있는 것이 분명했다.

그때 척후(斥候)로 보냈던 고선우와 다섯 명의 철갑기병이 질풍처럼 말을 몰아 마주 달려오더니 연달아 앞에 멈추고 보고했다.

"10리 전방에서 당군이 대양하(大洋河)를 따라 상류로 향하고 있는 것을 발견했습니다!"

요동욕살은 손을 들어서 뒤따르고 있는 전체 철갑기병들을 멈추게 하고 척후에게 물었다.

"병력은 얼마나 되느냐?"

고선우는 눈을 빛내며 빠르게 보고했다.

"2만 정도입니다. 놈들은 한 대의 마차를 호위하고 있는데 멀리에서 봤지만 가연공주님께서 평양성에서 타고 오신 마차가 분명합니다!"

가연공주는 오골성에서도 외출을 하거나 유람을 할 때는 평양성에서 타고 왔던 마차를 이용했었다. 그렇다면 거기에 가연공주가 있는 것이 확실할 것이다.

"당군이 2만이라고?"

이쪽은 5백이다. 하지만 철갑기병이다. 극동 지역에서 고구려의 철갑기병은 무적이며 최강이다.

하지만 연달아는 고개를 갸웃거렸다. 당군이 오골성을 멸망시켰다면 훨씬 더 많은 병력일 것이라고 생각했는데 겨우 2만이라니까 앞뒤가 맞지 않았다.

하지만 그는 곧 다르게 생각했다. 오골성을 공격했던 당군 본진(本陣)은 다른 곳으로 향하고, 당군 2만이 가연공주를 압송하여 당나라로 가고 있는 것일 게다. 아마 본진은 북쪽의 국내성(國內城)으로 갔을 것이다. 그곳이 당군의 최대거점이기 때문이다.

고선우가 주먹을 움켜쥐고 힘차게 말했다.

"욕살! 우리는 천하의 오골철갑기병(烏骨鐵甲騎兵)입니다!

무엇을 주저하십니까?”

고구려 철갑기병 중에서도 최강을 자랑하는 부대가 오골성의 오골철갑기병이다.

여북하면 오골철갑기병의 특징인 시커먼 철갑을 두른 기병만 보면 당군들이 죽자 사자 줄행랑을 치겠는가.

고선우와 또 한 명의 처려근지는 요동욕살과 가연공주가 서로 얼마나 사랑하는 사이인지 잘 알고 있다.

하지만 연달아는 자신의 정혼녀인 가연공주 한 사람을 구하자고 5백 명의 철갑기병을 위험 속으로 몰고 들어가는 것을 주저하고 있었다. 그 싸움에서 여러 명의 철갑기병이 죽게 될지도 모르기 때문이다.

두 명의 처려근지가 철갑기병들을 쳐다보며 입을 모아 우렁찬 목소리로 외쳤다.

“모두들 싸울 준비가 됐느냐?”

그러자 철갑기병들은 주먹으로 가슴을 두드리며 오골철갑기병 특유의 함성을 터뜨렸다.

“우워어―!”

싸울 준비도, 죽을 준비도 완벽하게 되어 있다는 뜻이다.

“공격하라!”

연달아의 쩌렁쩌렁한 명령이 떨어지자 오골철갑기병은 전

속력으로 당군의 후미를 향해 돌진했다.

콰콰콰콰—

불과 5백 명의 오골철갑기병들이 내달리며 지축을 뒤흔드는 소리가 마치 천둥소리를 방불케 했다.

놀란 당군의 후미가 와르르 흩어지기 시작했다. 그들은 2만여 명이나 되는데도 오골철갑기병을 발견하고는 전의를 상실한 채 도망만 치고 있는 것이다.

돌진해 오는 오골철갑기병들의 모습은 방금 지옥에서 튀어나온 아수라 같아서 평범한 당군들을 공포에 휩싸이게 하기에 충분했다.

쏴아아!

오골철갑기병은 돌진하면서 당군을 향해 일제히 5, 6차례나 화살을 쏘았다.

고구려가 자랑하는 것은 철갑기병만이 아니다. 당군의 활보다 사정거리가 세 배나 더 나가고 철갑마저도 뚫어버리는 강궁(强弓) 역시 극동 최강이다.

수천 발의 화살이 소나기처럼 당군에게 쏟아져 고기 산적처럼 꿰뚫었다.

당군들은 쓰러져 나뒹구는 동료들을 짓밟으면서 도주하느라 제정신이 아니다.

콰두두두—

오골철갑기병은 당군 후미를 공격하지 않고 250명씩 두 패로 나뉘어서 좌우로 그냥 지나쳤다.

그들은 어느새 활을 안장에 걸고 이번에는 검은색으로 번뜩이는 장창을 집어 들었다.

그 역시 당군의 창하고는 근본적으로 다른 강철로 만든 창이다. 또한 길이가 무려 18척(약 6미터)에 달했다.

오골철갑기병은 복판에 당군을 두고 계속 달려나가다가 당군의 허리께에서 폭풍처럼 돌진하여 긴 당군의 행렬을 허리에서 그대로 잘라 버렸다.

쾌차차차창!

"크아악!"

"으아악!"

파죽지세란 이런 광경을 두고 하는 말이다. 오골철갑기병이 장창을 번뜩일 때마다 당군들은 애처로운 비명을 지르면서 피를 뿌리며 거꾸러졌다.

오골철갑기병의 장창은 끝이 뾰족하고 그 아래에 반월처럼 휘어진 칼날도 있다.

장창을 찌르면 당군이 어김없이 한 명 혹은 두 명까지 한꺼번에 찔려 죽는다.

그리고 장창을 휘두르면 당군의 목이 뎅겅뎅경 추수하듯이 잘려져 나갔다.

차창!

오골철갑기병들은 장창을 왼손으로 옮겨 잡고 오른손으로 허리의 환두대도를 뽑아 양손으로 휘두르기 시작했다.

원래 오골철갑기병들은 일당백(一當百)이다. 한 명이 적 백 명을 죽일 만한 능력이 있으므로 오골철갑기병 5백 명이면 적 5만 명을 죽일 수 있다는 뜻이다.

그중에서도 연달아의 실력은 단연 발군이다. 그 혼자서 오골철갑기병 열 명 이상의 몫을 했다.

다른 오골철갑기병이 당군 한 명을 죽일 때 연달아는 열 명이나 죽이고 있었다.

그가 스치고 지나가면 어김없이 당군들이 추풍낙엽처럼 우르르 죽어 자빠졌다.

고구려군은 연달아에게 전신(戰神)이라는 칭호를 붙여주었다. 그는 전쟁의 신인 것이다.

당군이 그에게 붙여준 별명은 요동의 성난 호랑이, 즉 요동맹호(遼東猛虎)가 그것이다.

모든 당군들에게는 한 가지 공통된 희망사항이 있다. 전투에서 요동맹호를 만나지 않게 해달라는 간절한 소망이다.

요동맹호를 만나는 것은 저승사자를 만나는 것이나 다름없기 때문이다.

당군들은 지리멸렬했다. 맞서 싸울 생각조차 하지 못하고 이리저리 흩어지면서 피하고 도망치기에 바빴다.

연달아와 두 명의 처려근지, 그리고 선두가 당군 복판에 멈춰 서 있는 마차를 향해 무인지경처럼 질주하며 당군들을 가차없이 죽여 쓰러뜨렸다.

"가연공주!"

연달아는 마차 가까이에 이르러 주위의 당군들을 무차별 죽이면서 크게 외쳤다.

마차는 당군들이 겹겹이 에워싸고 있는데 마차 안에서는 아무 소리도 들리지 않았다.

연달아와 두 명의 처려근지, 그리고 오골철갑기병들은 당군을 죽이면서 더 가깝게 마차로 다가갔다.

"가연공주!"

마차 주변에 있던 당군들이 연달아와 오골철갑기병에 의해서 가을바람에 날리는 낙엽처럼 쓰러지고, 연달아는 마상에서 몸을 날려 마차 옆에 내려서자마자 급히 마차의 문을 열어젖혔다.

하지만 마차 안에는 가연공주는커녕 아무도 없었다. 텅 비어 있었다.

'함정이다!'

순간 그런 직감이 연달아의 머리를 스쳤다.

"욕살! 저길 보십시오!"

고선우가 찢어지듯이 외쳤다.

뒤돌아보던 연달아는 눈살을 잔뜩 찌푸렸다. 저 멀리에서 어마어마한 수의 당군이 흡사 파도처럼 밀려들고 있는 광경을 발견한 것이다.

보이는 모든 것이 당군이고 그들이 땅을 온통 뒤덮었다. 족히 삼사십만은 될 듯했다. 선두는 당군 기마병인데 수만 명이 바람처럼 달려오고 있다.

다시 앞쪽 마차 너머를 쳐다보던 연달아는 가볍게 움찔했다. 방금까지만 해도 전방은 탁 트였었는데 지금은 벌판 끝 산속에서 수십만의 당군이 꾸역꾸역 쏟아져 나와 달려오고 있었다. 그쪽 역시 선두는 수만 명의 기마병이다.

아니, 동서남북 어딜 둘러봐도 당군밖에 보이지 않았다. 적은 대양하 양쪽 벌판 끝 산속에 매복하고 있다가 한꺼번에 쏟아져 나온 것이다.

앞으로 달려가던 오골천갑기병은 그 자리에서 멈추고 어떻게 해야 할지 몰라 우왕좌왕했다.

연달아는 재빨리 사방을 둘러보았다. 그리고는 그의 시선이 한곳에 머물렀다.

그곳은 강, 즉 대양하이다. 그곳으로도 당군들이 몰려오고 있는데 그다지 깊지 않아서 수심이 허리쯤 찼다. 이곳이 대양하의 상류이기 때문이다.

연달아는 말 머리를 강 쪽으로 돌리며 쩌렁쩌렁하게 외쳤다.

"강으로 뛰어들어 상류로 향하라!"

우왕좌왕하고 있던 오골철갑기병들은 즉시 강으로 방향을 잡아 내달리며 당군들을 찌르고 베었다.

그러나 강까지 가는 일은 쉽지 않았다. 한꺼번에 수만의 당군들이 오골철갑기병의 전후좌우에서 맹공격을 퍼부었다. 그중에서도 기마병의 공격이 가장 위력적이었다.

당군 기마병들도 고구려의 철갑기병하고 거의 비슷한 모습을 하고 있다.

철갑을 입고 활과 장창, 칼로 공격을 하는데다 수만 명에 달하기 때문에 오골철갑기병의 발목을 잡기에 충분했다.

연달아는 이들이 평양성을 함락시킨 당나라 대장군 이세적(李世勣)의 대군일 것이라고 추측했다.

그들이 평양성을 함락시켜 보장태왕의 항복을 받아내고 당나라로 돌아가는 길에 마지막까지 항전하고 있던 오골성을 공격했을 것이다.

80세의 노장군 이세적의 대군은 무려 백만이 넘는 것으로 알려져 있다.

그러므로 아무리 무적의 오골철갑기병이라고 해도 겨우 5백 명으로 백만대군을 상대로 싸우는 것은 계란으로 바위를 치는 것이나 다를 바가 없다.

적장 이세적은 연달아와 5백 명의 오골철갑기병을 죽이기 위해서 백만대군을 동원한 것이다.

그로 미루어 볼 때 이세적이 얼마나 요동욕살 연달아와 오골철갑기병을 원수처럼 여기고 있는지 짐작할 수 있다.

오골철갑기병이 가까스로 강에 뛰어들었을 때에는 3백여 명밖에 남지 않았다.

그들은 연달아의 명령에 따라 싸우면서 강 상류를 향해 질주했다. 목적지는 상류의 울창하고 험준한 산악지대다.

연달아가 짐작한 대로 당군 보병은 강에 뛰어들지 못했다. 하지만 적의 기마병 수만이 앞을 가로막고 좌우에서 공격하며 배후에서 맹렬하게 추격하며 화살을 쏘아댔다.

연달아는 언젠가부터 오른손의 환두대도만으로 적을 죽이면서 전진했다. 장창과 활은 싸우는 도중에 잃어버린 것 같았다.

그는 가연공주를 구하려는 일념에 사로잡혀서 잠시 자신의 생각이 짧았음을 뼈저리게 후회했다. 그로 인해서 형제처럼 아끼는 수하들을 사지로 몰아넣은 것이다.

기적이 일어나지 않는 한 연달아를 비롯한 오골철갑기병은 이곳 대양하에서 모두 뼈를 묻을 것이 분명했다.

"으으… 가연공주… 방아……."

연달아는 땀과 눈물이 범벅된 얼굴을 일그러뜨린 채 흐느끼듯이 중얼거렸다.

"방아… 가지 마라……. 미안하다… 방아……."

그는 작게 몸부림을 치면서 손을 허공에 뻗고 무엇인가를 잡으려는 듯 몇 차례 움켜잡았다.

"이젠 괜찮아. 다 괜찮아."

그때 문득 부드러운 목소리가 그를 위로했다.

그는 눈물에 젖은 눈을 힘겹게 떴다. 그리고 가연공주가 애잔한 표정으로 자신을 굽어보고 있는 것을 발견했다.

"공주……."

가연공주는 눈물이 흐르고 있는 그의 뺨을 부드러운 손길로 쓰다듬었다.

"나 여기 있어."

연달아는 손을 뻗어 그녀의 뺨을 쓰다듬으며 감격에 겨워 중얼거렸다.

"살아 있었구나. 방아… 너를 구하려고 달려갔지만 너무 늦고 말았다. 오골철갑기병들을 모두 잃고 나는……."

"꿈을 꾼 거야. 이제는 괜찮아."

"꿈?"

그는 눈을 깜빡거렸다. 소파에 누워 있는 그의 머리를 고방아가 안고 있었다. 꿈을 꾼 것이다.

아니, 꿈이 아니다. 방금 전에 그가 생생하게 겪었던 일은 정자산 동굴에서 보장태왕을 만나기 전에 실제로 벌어졌던 상황이다.

그는 대양하의 치열했던 전투에서 간신히 살아남아 정자산으로 도망을 쳤다가 보장태왕을 만났던 것이다.

그러므로 그것은 꿈이 아니다. 불과 며칠 전에 그가 두 명의 처려근지와 5백 명의 오골철갑기병들을 이끌고 수십만 당군과 벌였던 처절한 전투를 꿈처럼 다시 회상한 것이다.

그는 소파에서 자다가 며칠 전의 일을 꿈처럼 회상하면서 소리를 질렀던 모양이다. 그래서 고방아가 깨어 그에게 달려와 안아준 듯하다.

"휴우……."

연달아는 고방아의 뺨을 만지던 손을 내리며 긴 한숨을 내쉬었다.

고방아가 곁에 있다는 안도의 한숨이다. 그리고 형제 같은 수하들을 사지에 남겨두고 혼자만 살아남았다는 안타까움의 한숨이기도 했다.

고방아는 연달아가 무슨 꿈을 꾸었는지는 자세히 알지 못하지만 고구려에서 고방아 자신과 관계되는 꿈이었을 것이라고 짐작했다.

그가 꿈속에서 그토록 애절하게 가연공주를 부르면서 흐
느껴 우는 모습을 보자 고방아는 마음이 크게 흔들렸다. 그가
얼마나 가연공주를 사랑했는지 조금쯤은 알 수 있을 것 같았
다.

그래서 자신도 모르게 그를 안고 뺨을 쓰다듬으며 위로했
던 것이다. 자신이 마치 가연공주라도 된 것처럼.

연달아는 일어나지 않았다. 이대로 좀 더 누워 있고 싶었
다. 요동 오골성에서 가연공주의 품에 안겨 있었던 것처럼.

제29장

알파

RUNNER
런너

   늦은 아침식사 후에 연달아와 고방아, 아랑, 고선우, 연연
화는 이층 소파에 모여 앉았다.

   고선우는 조용한 목소리로 연달아와 고방아, 그리고 자신
과 연연화, 보장태왕과 이리가수미에 대한 모든 내용을 이야
기하고 있다.

   물론 아랑에게 하는 설명이지만, 다른 사람들은 알고 있는
내용을 다시 한 번 들으면서 새삼 각오를 새롭게 다지고 있었
다.

   과연 고선우는 연달아가 기대했던 대로 말솜씨가 뛰어나

서 모든 얘기를 아랑이 잘 알아들을 수 있도록 조리있게 설명했다.

이윽고 고선우가 모든 설명을 끝내자 예상했던 대로 아랑은 믿어지지 않는다는 듯 크게 놀라는 표정을 짓고 있었다.

아랑은 연달아와 고방아의 고구려에서의 신분과 두 사람의 관계에 대해서는 연달아에게 들어서 이미 알고 있었다.

하지만 고선우와 연연화, 연정토, 보장태왕, 이리가수미에 대한 이야기나 묵인자라든지 지하실에 갇혀 있는 텐쵸오 등에 대한 내용은 지금 처음 알게 되었다.

하지만 무엇보다도 놀라운 사실은 연달아를 제외한 많은 사람들이 연속환생자라는 것과 그들이 고구려에서부터 지금 현재 2012년까지 1340여 년 동안 열네 번의 연속된 삶을, 즉 환생을 해왔다는 사실이었다.

그리고 그것보다 더 충격적인 내용은, 이들 모두의 목적이 옛 고구려의 고토를 회복하여 21세기에 새로운 대제국을 건설하려 한다는 사실이다.

또한 그러기 위해서는 당태종 이세민의 환생인 묵인자와 필연적으로 전쟁을 벌여서 반드시 이겨야만 한다는 것이다.

고선우의 설명이 끝난 후에 한동안 침묵이 흘렀다. 모두들 아랑을 주시하면서 뭔가를 깊이 생각하는 표정이다.

더할 수 없이 놀란 표정의 아랑은 연달아와 고방아, 연연화, 고선우 등을 차례로 쳐다보다가 마지막으로 자기 옆에 앉아 있는 연달아의 얼굴에 시선이 멈추었다.

"오빠……."

연달아는 고개를 끄덕이며 빙그레 미소 지었다.

"모두 사실이다."

아랑은 설명을 듣고 있는 동안에 몹시 놀랐지만 연달아와 모두의 표정이 진지한 것을 보면서 농담이 아니라 사실이라는 것을 깨달았다.

그러므로 굳이 연달아의 말이 아니더라도 이미 사실로 받아들이고 있었다.

아랑은 결코 바보가 아니다. 그녀는 몹시 놀라고 있지만, 자기에게 이런 얘기를 하는 이유가 분명히 있을 것이라고 짐작했다.

"왜 나한테 이런 얘기를 한 거죠?"

그녀는 지금의 상황이 상황이니만큼 연달아에게 반밀이 나오지 않았다. 바로 그때 아랑은 뭔가 번쩍 떠오르는 것이 있었다.

"설마… 나도 연속환생자라는 건가요?"

그녀는 연달아를 바라보며 눈을 동그랗게 뜨고 물었다. 그러면서 그녀는 어쩌면 자기 생각이 맞을지도 모른다는 생각이 들었다.

　고방아와 고선우, 연연화는 처음에 이런 설명을 아랑에게 할 때는 왜 그녀에게 설명을 하는 것인지 이유를 몰랐으나 시간이 흐르면서 점차 깨닫게 되었다. 아랑이 연속환생자이며 자신들의 동료라는 사실을.

　연달아는 모두의 시선을 받으면서 아랑을 쳐다보며 빙그레 미소 지었다.

　"그렇다, 랑아."

　"아……."

　아랑은 크게 충격을 받으면서 표정이 여러 차례 복잡하게 변했다. 기쁨과 놀라움, 충격이 마구 범벅된 표정이다.

　그러나 마지막에 남은 것은 기쁨이다. 자기가 연달아하고 그저 막연히 친한 사이가 아니라 동료라는 사실이 그녀를 더없이 기쁘게 했다.

　"너희는 모르겠지만……."

　연달아는 고방아와 고선우, 연연화를 차례로 쳐다보았다.

　"원래 너희 네 사람은 잘 알고 있는 사이였다."

　그는 고방아와 고선우를 가리켰다.

　"너희 둘의 아버지는 형제지간이다. 그러므로 너희 두 사람은 사촌지간이다."

　고방아는 오른쪽에 앉은 고선우를 쳐다보았다. 고선우는 고방아를 쳐다보다가 빙그레 미소 지었다.

연달아는 고방아의 왼쪽에 앉은 연연화를 가리켰다.

"연화는 내 조카였다. 그리고……."

그는 고방아를 바라보면서 아랑을 가리켰다.

"랑이는 방아 네가 제일 예뻐했던 막내여동생이었다."

고방아와 아랑은 크게 놀라면서 서로를 쳐다보았다. 그녀들의 얼굴과 눈에 당황함과 놀라움이 가득 떠올랐다.

연달아는 빙그레 미소 지었다.

"내가 처음으로 내 정혼녀인 가연공주를 만나러 황궁에 갔을 때 랑이는 겨우 한 살이었지."

"내가 한 살……."

"랑이는 언제나 우리와 함께 놀았다. 내게 안기고 업혀서 어디든지 함께 갔었지. 점차 커가면서 랑이는 부모형제보다 나를 더 좋아한다고 입버릇처럼 말했었다."

"오빠……."

아랑은 바르르 가늘게 몸을 떨었다. 수만 볼트 전류가 온몸을 휩쓰는 듯한 느낌이다.

연달아는 미소 지으며 아랑을 온화하게 바라보았다.

"내가 열다섯 살에 장수가 되어 국경으로 떠났을 때 랑이는 여덟 살이었다. 아직 어린아이였었지. 그래서 이렇게 커버린 널 알아보지 못했던 거야."

"오빠……."

아랑은 눈물이 왈칵 쏟아졌다. 1340여 년 전 고구려 황궁에서의 일이 아무것도 생각나지 않지만, 연달아의 말을 듣고 있으면 그때 상황을 상상할 수 있을 것 같았다.

그리고 왜 연달아에게 한없이 마음이 끌리고 또 그를 사랑하지 않고는 견딜 수가 없는지, 그를 보면 무조건 안기고 또 업히고 싶었는지 알게 되었다.

연달아는 아랑의 머리를 부드럽게 쓰다듬었다.

"너는 나를 모르지만 나는 너를 안다."

그는 고방아와 연연화, 고선우를 차례로 둘러보았다.

"그리고 너희 모두를……."

모두의 얼굴에 안타까운 표정이 떠올랐다. 그들은 연달아와 같은 시대를 살았으면서도 그것을 기억하지 못하는 현실을 안타까워하는 것이다.

연달아는 조용한 목소리로 화제를 바꿨다.

"묵인자는 5수행자를 거느리고 있는 데 비해서 우리 쪽은 7수행자인 것을 알아냈다."

모두의 얼굴에 놀라는 표정이 떠올랐다. 그들은 긴장한 표정으로 연달아의 다음 말을 기다렸다.

"나는 그중에서 다섯 명만 알아냈을 뿐이다. 연정토 형님, 연연화, 고선우 세 명과 아랑, 그리고 아직 만나보지 못한 또 한 명이다."

고방아 등은 연달아가 그것을 어떻게 알아냈느냐고 묻지 않았다.

그는 런너, 즉 전능자이기 때문이다. 그가 그렇다고 말하면 그것이 바로 진실이다.

"계시에 의하면, 랑이가 제1수행자다."

그의 말에 다들 크게 놀라며 아랑을 쳐다보았다. 예상을 뒤엎는 충격적인 말이다. 그러나 누구보다 제일 놀란 사람은 당연히 아랑이다.

고선우는 놀라면서 연달아에게 물었다.

"아버님께서 제1수행자 가디언이 아니십니까?"

그는 연연화와 연인 관계이기 때문에 연정토를 아버지로 여기고 있다.

"나도 그런 줄 알았는데 아니다."

그는 고개를 갸웃거렸다.

"아버님이신 이리가수미와 보징태왕께선 런너이기 때문에 수행자들을 거느리고 계실 텐데 그 사실을 모를 리가 없으실 것이다. 그런데 내겐 일곱 명의 수행자가 있다니……."

그것은 현재로선 풀리지 않는 미스터리다. 하지만 연달아는 자신의 수행자는 누가 뭐래도 북두칠성이 나타내는 일곱 명이라고 확신했다.

그래서 그것을 밀고 나갈 작정이다. 그리고 그는 이번 기회에 새로운 시도를 해볼 생각이다.

"알파가 무엇이냐? 계시가 랑이의 제1수행자 이름이 알파라고 알려주었다."

연달아의 말에 고방아가 대답했다.

"그것은 그리스 문자의 첫째 글자야. 'α' 라 쓰고 또한 그리스 숫자로는 1을 뜻하기도 해. 시작이나 맨 처음을 가리키는 동시에, 별자리의 별들 중에서는 가장 밝은 별을 뜻하는 말이기도 하지."

연달아는 알파가 무슨 뜻인지 몰랐었다. 단지 북두칠성의 첫 번째 청색별을 생각하니까 아랑과 연결되면서 그런 이름이 떠올랐다.

고방아는 의아한 표정으로 물었다.

"그런데 계시라는 건 뭐지?"

"방아, 네가 북극성이고 제7수행자는 북두칠성이다."

"북극성과 북두칠성……."

연달아는 진지한 표정으로 설명했다.

"고구려에서 북극성은 황제를 의미하고 북두칠성은 황제가 타는 수레를 뜻한다. 즉, 북두칠성은 황제를 받드는 수호자들이다."

모두들 처음에는 고방아를 쳐다보았다가 두 번째는 아랑을 쳐다보았다.

고방아가 북극성인 황제고, 아랑이 북두칠성의 우두머리이기 때문이다.

특히 가장 어린 아랑이 북두칠성 제7수행자의 우두머리라는 사실에 연달아를 제외한 세 사람은 매우 의외라는 생각을 했다. 동시에 속으로 걱정하는 마음이 생겼으나 내색하지는 않았다.

고방아가 물었다.

"그럼 정토 형님이 제2수행자야?"

그녀는 남자인 연정토를 '형님' 이라고 불렀다.

"그렇다."

"뭐라고 불러?"

"베타."

고방아는 그리스어나 현대의 상식에 대해서 모르는 연달아가 알파니 베타니 말하는 것이 신기하기도 하고 우습기도 했다.

"베타는 그리스 문자의 두 번째 글자고 숫자로는 2. 그리고 β라 쓰고 물리학에서는 베타입자와 베타붕괴를 나타내."

아랑은 눈을 초롱초롱 빛내면서 귀를 기울이고 있다. 그리고 연연화와 고선우는 몹시 긴장된 표정이다.

"제3수행자는 누구야?"

"오늘 밤에 만날 수 있을 것이다."

"누군데?"

묻는 고방아뿐만이 아니라 모두 궁금한 표정을 지었다.

"모른다. 정신으로만 잠시 대화를 나누었다."

고방아와 아랑은 연달아가 정신으로 대화를 나누는 것을 알고 있지만 연연화와 고선우는 아직 모르고 있다.

고방아는 연달아가 이끄는 제7수행자에 관심이 많은 것 같았다. 지금까지와는 조금 달라진 모습이다.

"그럼 그 사람이 제3수행자 감마 γ인가?"

"그렇다."

"음. 고구려 출신 런너의 제7수행자들 이름이 그리스어라니 신기한데?"

고방아는 고개를 끄덕이더니 연연화와 고선우를 가리켰다.

"그럼 얘들은 뭐지?"

연달아는 연연화와 고선우를 가리켰다.

"연화가 제5수행자이고 선우가 제6수행자다."

"그렇다면 입실론 ϵ과 제타 ζ로군."

고방아는 고선우를 보며 설명해 주었다.

"제타는 요타 다음으로 가장 많은 수를 나타내고 있어. 조가 테라. 천조가 페타. 백경은 엑사. 십해가 제타야. 선우 너는 아마 다른 6수행자들의 든든한 배경인가 보군."

고선우는 엷은 미소를 지었다.

"그런 것 같습니다."

연달아는 약간 몸을 틀어 아랑을 향해 앉아 매우 진지한 표정을 지었다.

"랑아."

"네."

아랑은 자못 긴장하여 자세를 똑바로 하고 공손히 대답했다.

"지금까지의 모든 상황을 제대로 인지했느냐?"

"네."

아랑은 눈을 초롱초롱하게 빛내면서 또렷하게 대답했다.

"너의 성은 고씨이고 고아랑이다. 고구려 마지막 황제이신 보장태왕의 다섯째 딸이며 청명공주다. 그리고 현실에서도 너는 방아와 아버지가 같다. 즉, 현재 고구려에 계신 보장태왕 고장이 너의 아버지다."

"아……."

아랑은 아버지를 모른다. 엄마 서유라의 말에 의하면 그녀가 아랑을 임신했을 때 아버지가 훌쩍 떠나 버렸고 이후로 돌아오지 않았다고 했다.

그리고 아버지에 대한 아무것도 남아 있지 않았다. 사진 한 장조차도 없다.

그러므로 아랑이 아버지에 대해서 기억할 수 있는 것은 전무한 형편이었다.

이제 아랑은 아버지에 대해서 분명히 알게 되었다. 그녀는 사생아가 아니라 고구려의 황족이며 청명공주였다.

아랑은 고방아의 경우하고도 같다. 단지 고방아는 어머니조차도 모르고 있다는 것이 다를 뿐이다.

"네가 나의 제1수행자가 되느냐는 것은 순전히 너의 의지에 달려 있다. 그 결정에는 아무도 개입할 수 없다. 이것은 매우 중요한 일이므로 너는 신중하게 생각해서 결정을 내려야 한다."

"하겠어요."

연달아가 신중하게 생각하라고 요구한 말이 무색할 지경으로 아랑은 즉시 대답했다.

아랑은 길게, 그리고 신중하게 생각할 이유가 없었다. 그녀는 이것이 자신의 운명이라고 생각, 아니, 판단했다. 그리고 결정한 것이다.

연달아는 아랑의 눈을 똑바로 주시했다. 아랑 역시 크고 해맑은 눈으로 그의 눈을 말끄러미 바라보았다. 그러면서 다시 한 번 힘주어 말했다.

"제1수행자 알파를 하겠어요. 그래서 묵인자와 싸워서 이 땅에 고구려제국을 세우는 데 힘을 보태겠어요."

연달아는 물끄러미 그녀를 바라보다가 이윽고 고개를 끄덕였다.

"알았다."

연달아는 옆방으로 아랑 혼자만 데리고 들어갔다.

그 방은 침실로 꾸며진 곳인데 연달아는 방 가운데 서서 그 앞에 아랑을 앉혔다.

아랑은 연달아와 마주 보는 자세로 무릎을 꿇었다. 그의 표정이 하도 진지해서 함부로 행동을 할 수도 애교를 부릴 수도 없었다.

그녀는 자못 긴장하여 연달아를 올려다보았다. 그의 키가 너무 커서 목이 부러질 것 같았지만 참고 눈도 깜빡이지 않은 채 그를 주시했다.

연달아는 지그시 눈을 감은 채 정신을 집중시키는 것에 전념했다.

지금 아랑은 아무것도 아닌 그저 평범한 소녀다. 대한민국을 들었다 놨다 하는 대단한 아이돌이지만 그것이 7수행자의 조건은 되지 못한다.

더구나 아랑은 믿을 수 없게도 7수행자의 우두머리인 알파의 신분이 아닌가.

그녀는 지금 상태로는 알파는커녕 연달아에게 아무런 도

움도 되지 못한다.

그러므로 연달아는 아랑이 알파의 능력을 갖출 수 있도록 최대한 시도를 해봐야 한다.

그는 아랑에게 그녀 자신도 모르고 있는 알파의 능력이 잠재되어 있을 것이라고 믿는다. 그래서 연달아가 해줄 수 있는 것은 그녀의 잠재력을 깨워주는 일이다.

그는 자신의 전능이 아랑의 잠재력을 깨우고 또 증진시킬 수 있을 것이라고 확신한다.

이윽고 연달아는 눈을 뜨고 아랑을 내려다보았다.

"고개를 숙이고 눈을 감아라."

아랑은 급히 고개를 숙이면서 눈을 감았다. 왜 그런지 갑자기 가슴이 심하게 쿵쾅거렸다.

그녀는 연달아가 지금 자신에게 무엇을 하려는 것인지 전혀 모르고 있다.

단지 제7수행자 때문이 아닌가 하고 어렴풋하게 짐작 정도만 하고 있을 뿐이다.

"랑아, 마음을 비우고 네가 알파라는 생각에만 집중해라."

머리 위에서 연달아의 엄숙한 목소리가 들렸다.

그녀는 눈을 꼭 감고 마음을 비우려고 애썼다. 지금까지 살아오면서 그녀는 '마음을 비운다'는 것을 한 번도 해본 적이 없었다. 그래야 할 필요가 없었기 때문이다.

그렇기 때문에 어떻게 해야 마음을 비우는지 알지 못한다. 그저 잡념을 없애려고 애쓸 뿐이다. 그러다가 문득 그녀는 좋은 생각이 났다.

'알파… 나는 알파다…….'

마음속으로 그 말만 계속 중얼거렸다. 자신이 알파라는 사실 하나만 생각하려고 애썼다.

그때 연달아의 커다란 손이 그녀의 머리를 덮었다. 아니, 덮었다고 여긴 순간 그녀는 도저히 뭐라고 표현할 수 없는 엄청난 기운을 느꼈다.

그녀의 머리를 통해서 너무나 뜨거운 펄펄 끓는 쇳물 같은 것이 쏟아져 들어왔다.

그녀는 자신이 태양 속에 앉아 있는 것 같은 기분이 들었다. 너무 뜨거워서 차라리 뜨거움을 느끼지 못할 정도다.

화아아—

무슨 소리가 들렸다. 불타는 소리 같았다. 그녀는 어쩌면 자신의 몸이 불타고 있는지 모른다는 생각이 들었다. 온몸이 타버릴 것 같은 뜨거움을 느끼고 있으며 불타는 소리까지 들리기 때문에 당연히 그렇게 생각했다. 하지만 눈을 뜨지 않았다.

그런데 그때 뜨거운 기운이 빠르게 사라지기 시작했다. 아니, 사라진다고 느끼는 순간 다른 기운이 그녀의 온몸을 엄습했다.

이번에는 차가운 기운이다. 너무 차가워서 얼음물 속에 앉아 있는 것 같았다.

온몸이 와들와들 떨리고 이빨이 마구 부딪치는 소리가 그녀의 귀에 들렸다.

팔다리 몸뚱이만 차가운 것이 아니다. 속까지 시렸다. 내장과 심장, 머릿속이 얼음 그 자체가 돼버린 것 같았다.

그녀는 더럭 겁이 났다. 자기가 이러다가 죽는 것이 아닌가 하는 공포심이 생겼다.

하지만 공포심은 생기자마자 사라졌다. 연달아가 그녀를 죽게 할 리가 없다는 믿음 때문이다.

그런데 갑자기 극심하던 추위가 순식간에 사라졌다. 언제 추위를 느꼈었나 싶었다. 그리고는 몸도 마음도 정신도 그지없이 상쾌하고 맑아졌다.

몸이 한 장의 종이처럼 가벼웠고, 마음에는 한 올의 근심이나 불안감도 없었으며, 머릿속은 맑은 하늘보다도 더 깨끗했다. 마치 새로 태어난 듯한 느낌이었다.

조금 전에 느꼈던 온몸을 태우고 얼려 버릴 것 같았던 뜨거움과 추위가 지금은 아련하게 착각처럼 여겨졌다.

그때 아랑은 연달아가 자신의 머리에서 손을 떼는 것을 느끼고는 눈을 뜨면서 그를 올려다보았다.

"후우……."

몹시 힘들었는지 그가 굵은 땀방울을 흘리면서 한숨을 내쉬는 모습이 보였다.

아랑과 눈이 마주치자 연달아는 빙그레 미소 지었다.

"끝났다."

아랑은 발딱 일어섰다. 그 한 가지 동작만으로 그녀는 몸이 날아갈 듯이 가벼워졌다는 사실을 느꼈다.

그리고 자신의 몸을 내려다보다가 그녀는 깜짝 놀랐다.

"아!"

놀랍게도 그녀는 알몸이었다. 겉옷은 물론이고 브래지어와 팬티도 입지 않았다.

그녀의 발아래에 먼지나 재 같은 것이 수북이 쌓여 있는 것이 보였다.

그래서 그녀는 조금 전의 뜨거움과 추위가 착각이 아니라는 사실을 깨달았다.

어쩌면 그것 때문에 입고 있던 옷이 타버렸거나 얼어서 부서졌을지도 모른다는 생각이 들었다.

놀라움은 잠시, 아랑은 자기가 벌거벗은 몸이라는 사실을 새삼 깨닫고 확 부끄러워져서 얼굴이 빨개졌다.

하지만 그녀는 숨어야 한다거나 몸을 가려야 한다는 생각은 들지 않았다.

왜냐하면 자기의 벌거벗은 몸을 보고 있는 사람이 연달아이기 때문이다.

그때 그녀는 연달아가 자기를 물끄러미 굽어보며 미소를 짓는 것을 발견하고 더욱 부끄러워져서 급히 그의 품으로 뛰어들며 안겼다.

그리고 그의 품에 꼭 안겨서 할딱거리며 조그맣게 속삭였다.

"사랑해, 오빠."

하지만 연달아는 그녀의 등을 안고 아무 말도 하지 않았다.

아랑은 그를 올려다보며 살짝 흘겼다.

"오빠는?"

그녀는 다시 반말을 되찾았다.

"그래. 나도 랑이를 사랑한다."

아랑은 두 팔을 위로 뻗었다.

"안아줘."

연달아가 그녀를 가볍게 안아 궁둥이를 받쳐 안자 그녀는 기다렸다는 듯이 그의 목을 끌어안으며 기습적으로 입맞춤을 했다.

연달아는 아랑에 이어서 연연화와 고선우에게도 똑같이 전능을 불어넣어 주었다.

그들 두 사람은 이미 제 역할을 톡톡히 해내고 있지만 전능을 주입함으로써 잠들고 있는 잠재력을 깨워 더 큰 힘을 발휘하지 않을까 하는 기대감에서였다.

연연화와 고선우의 반응도 아랑하고 같았다. 두 사람은 극도의 뜨거움과 차가움을 느낀 후에 생전 처음 느끼는 상쾌함을 맛보면서 자신이 벌거벗고 있다는 사실을 깨달았다.

하지만 연달아는 고방아에겐 전능을 주입하지 않았다. 그랬더니 고방아가 연달아 혼자 있는 방으로 들어왔다.

"이번에는 내 차례 아냐?"

연달아는 빙그레 미소 지으며 고개를 가로저었다.

"너는 할 필요 없다."

고방아는 발끈했다.

"어째서? 왜 세 사람에겐 전능을 주입해 주고 나한테는 안 해주는 거야?"

그녀는 연달아가 무엇을 해주었는지 아랑에게서 듣고는 그가 전능을 주입해 주었을 것이라고 추측하고 있었다.

당연히 마지막은 자기 차례고 전능을 주입받았을 때 자신에게 어떤 변화가 생길지 기대하고 있었다. 그래서 태연하게 연달아에게 온 것이다.

"너는 수행자가 아니잖느냐?"

"수행자만 하는 거야?"

“그래.”

고방아는 김빠지는 표정을 지었다. 하지만 수행자가 아니라는데 반박할 말이 없다.

“그래도 그냥 한 번 해줘봐.”

“그냥?”

“그래 그냥 속는 셈치고.”

연달아는 고방아가 부루퉁해서 입술을 내밀고 있는 모습이 귀여워 고개를 끄덕였다.

“알았다. 하지만 아무런 결과가 없다고 해서 심통 내면 안 된다. 알았느냐?”

“알았어.”

연달아는 고방아에게 전능을 주입해도 아무런 효험이 없을 것이라고 생각하지만 그녀의 채근에 어쩔 수 없이 무릎을 꿇고 앉게 했다.

연달아는 누가 가르쳐 준 사람이 없었어도 런너에 대해서 어느 정도 알고 있다. 보장태왕이 지식을 그의 머릿속에 심어 주었기 때문이다. 그 지식은 필요에 따라서 적절하게 언제라도 튀어나올 것이다.

그 지식에 의하면, 고방아는 광런너인 보장태왕의 딸이기 때문에 그와 일연을 맺고 있다.

즉, 런너 자신이 지정한 일연에게만 전능이 전해지는데, 런너가 죽어서 자연적으로 계승되거나, 런너 스스로 전능을 전해주고자 할 때만 전해진다.

말하자면 고방아는 잠재적인 런너다. 하지만 아직은 아니다. 광런너 보장태왕이 아직 건재하기 때문이다.

그래서 연달아는 그녀에게 런너의 징후는 있지만 보장태왕이 살아 있는 한 어떤 능력도 지닐 수 없을 것이라고 생각한다.

그리고 그의 생각은 옳았다. 그가 고방아에게 아랑이나 고선우하고 똑같은 전능을 주입했으나 그녀는 아무런 변화를 보이지 않았다.

"제대로 한 거 맞아?"

연달아가 손을 거두자 고방아는 일어나서 자신의 몸을 이리저리 살펴보더니 괜히 그에게 시비를 걸었다.

"그래."

"그런데 왜 아무 느낌도 없는 거야?"

"심통 내지 않기로 했지?"

"누가 심통을 낸다고 그래?"

고방아는 소리를 지르더니 문을 부술 듯이 쾅! 닫고는 밖으로 나갔다.

연달아가 밖으로 나가니까 그녀는 아랑 등이 모여 있는 방으로 들어가려다가 그를 보고 명령하듯 말했다.

"출발하자."

경찰병원에 가자는 뜻이다.

연달아는 시계를 보려고 두리번거리는데 그냥 번쩍 하고 눈앞에 시간이 보였다.

9시 40분이다. 어떻게 해서 시간이 보였는지는 모른다. 그냥 그가 필요로 하니까 저절로 시간을 알게 됐을 뿐이다. 그역시 전능의 아주 작은 능력일 것이다.

제30장

순정혈

RUNNER
러너

연달아 일행은 승용차 두 대에 나눠 타고 청평 별장을 떠나 경찰병원으로 가는 중이다.

연달아와 고방아, 아랑은 밴틀리를 고선우와 연연화는 청평 별장 차고에 있던 아우디8을 탔다.

아랑은 연예인 활동을 하기 때문에 학교에 가지 않아도 된다고 했다.

지금은 묵인자하고 전면전을 벌이는 상황이 아니기 때문에 아랑이 제1수행자 알파지만 자기 생활을 계속해도 될 것이라고 연달아는 생각했다.

어쨌든 연달아는 그것도 아랑에게 맡기기로 했다. 그녀가 연예활동을 하겠다면 그렇게 하도록 하고, 함께 있겠다고 하면 또 그대로 좋았다.

그 대신 어떤 생활을 하든 간에 연달아와 하루에 한 번은 만나는 것으로 정했다. 알파의 능력을 일깨우는 훈련이 필요하기 때문이다.

연달아는 운전을 하다가 차를 세우고 고방아에게 운전을 하도록 했다. 갑자기 할 일이 생각났기 때문이다.

조수석에 앉은 그는 안전벨트를 맨 후에 가방에서 앰플 하나를 꺼내서 살펴보았다.

텐쵸오가 앰플 속의 액체를 어디에 쓰려는 것인지 갑자기 궁금해져서 거기에 대해서 알아보려는 것이다.

일본에서는 여고생이 5백여 명이나 납치되어 죽고 실종됐으며 식물인간이 됐다고 했다.

모르긴 해도 그것 역시 텐쵸오의 짓이 분명할 것이다. 텐쵸오는 한국에서도 수백 명의 여고생들에게서 엽기적인 방법으로 앰플을 만들었다.

과연 그것을 어디에 쓰려는 것인가. 재미삼아서 수백 명의 여고생을 납치해서 그런 짓을 해가며 앰플을 만들지는 않았을 것이다.

분명히 어딘가 중요한 것에 사용하기 위해서 그런 만행을 저질렀을 것이다.

연달아는 앰플 속의 액체가 여고생 한 명의 몸과 정신의 정화일 것이라고 생각한다.

연달아는 앰플을 손안에 쥐고 지그시 눈을 감았다. 보장태왕이 준 지식을 이용해서 앰플을 어디에 사용하려는 것인지 알아보려는 생각이다.

하지만 머릿속에서 아무것도 떠오르지 않았다. 그렇다는 것은 보장태왕도 앰플에 대해서는 모른다는 뜻이다. 즉, 거기에 대한 경험이 없다는 것이다.

"그게 뭐야, 오빠?"

그때 뒷자리에서 지켜보고 있던 아랑이 운전석과 조수석 사이를 통해서 앞으로 넘어오더니 연달아 무릎에 달싹 앉으며 물었다.

아랑은 연달아가 전능을 주입하는 과정에서 입고 있던 옷이 재가 되어 사라졌기 때문에 청평 별장에 있던 연연화의 트레이닝복을 입었는데 조금 커서 헐렁했다. 그런데도 그녀는 여전히 예쁘고 귀여웠다. 마치 인형에게 장난스런 옷을 입혀 놓은 것 같았다.

그때 고방아가 운전을 하면서 힐끗 앰플을 쳐다보며 한마디 툭 던졌다.

"그거 혹시 약 같은 거 아닐까?"

"약이라……."

약이라면 사람이 복용하는 것이다. 또한 약을 복용하는 목적은 병을 치료하거나 원기를 돋우기 위함이다.

텐쵸오가 복용하려고 했을까? 아니다. 텐쵸오는 묵인자의 딸이자 부하다. 이런 엄청난 일을 자기를 위해서 저지르지는 않았을 것이다.

그렇다면 묵인자를 위해서 앰플을 만들고 또 모았을 가능성이 높다.

그게 아니라면 묵인자가 뭔가 꾸미고 있는 계획을 위한 것일 수도 있다.

"그런데 묵인자의 목적은 뭘까?"

고방아가 뜬금없이 불쑥 물었다.

"우리는 고토회복과 고구려제국 건설이라는 분명한 목적이 있잖아. 그렇다면 묵인자도 런너로서 뭔가 목적이 있을 거 아니겠어? 혹시 그 작자도 우리처럼 21세기에 당나라를 만들려는 거 아닐까?"

그런데 뜻밖에도 아랑이 고개를 갸웃거리고 나서 반론을 제기했다.

"그건 명분이 약해."

"어째서?"

아랑은 가늘고 긴 손가락 하나를 세우며 대답했다.

"옛 고구려의 영토는 현재 거의 대부분 중국 영토가 돼버렸어. 그리고 나머지는 북한이 차지하고 있지. 그러니까 우리가 고구려제국을 건설하려면 중국과 북한으로부터 영토를 되찾아야만 해."

"그야 당연하지."

아랑은 연달아의 허벅지 위에서 책상다리를 하고 상체를 그의 가슴에 기대어 눕히면서 말했다.

"그런 반면에 현재의 중국은 과거 중국 대륙에 존재했던 어떤 왕조보다도 광활한 영토와 힘을 지니고 있어. 또한 중국은 세계적으로 미국 다음가는 막강한 경제력과 군사력을 보유하고 있어. 묵인자가 볼 때 자기 후손들이 세운 중국이 그렇게 잘나가고 있는데 무엇 때문에 구태여 그 땅에 당나라를 세우려고 하겠어?"

아랑의 말이 이치에 맞는 터라 고방아는 뜻밖이라는 표정을 짓더니 곧 고개를 끄덕였다.

"네 말이 맞는 것 같다. 너, 보기보다는 제법 똑똑한데?"

"이래 뵈도 우등생이라고."

고방아는 핸들을 잡은 손가락을 두드리면서 고개를 갸우뚱하며 중얼거렸다.

"그럼 도대체 묵인자의 목적은 뭐지? 우리를 훼방 놓는 것이 목적은 아닐 테고."

연달아는 앰플이 무엇인지 궁금했는데 얘기를 하다 보니까 다른 방향으로 흘러가고 있다. 하지만 이것 역시 중요한 일이다.

"오빠, 간단한 방법이 있어."

아랑이 밝은 표정으로 연달아를 향해 돌아앉았다.

"고선우 씨가 텐쵸오에게 모든 자백을 받았잖아. 그럼 거기에 묵인자의 목적이나 앰플에 대해서도 들어 있지 않을까?"

"댓츠 굿 아이디어!"

고방아가 환한 표정으로 외치면서 갓길에 차를 세웠다. 그러자 아우디8도 뒤따라 갓길에 멈추더니 고선우가 바람처럼 달려왔다.

아랑이 텐쵸오의 자백에 대해서 고선우에게 말하려고 창을 내리니까 그가 공손히 USB 하나를 건네주고는 자기 차로 돌아갔다.

"이게 뭐야?"

아랑이 자기 손에 쥐어져 있는 USB와 연달아의 얼굴을 번갈아 쳐다보았다.

"USB잖아."

USB를 처음 보는 연달아 대신 고방아가 말했다.

"그러니까 고선우 씨가 이걸 왜 주고 가냐고."

"거기에 텐쵸오 자백 내용이 담겨 있어."

"아……."

아랑의 의문은 다 풀리지 않았다.

"그런데 우리가 이걸 필요로 한다는 것을 고선우 씨가 어떻게 알았지?"

그녀는 고방아가 아버지가 같은 이복언니라는 사실을 알고 나서는 그녀와 부쩍 가까워졌다.

형제가 없이 외롭게 자랐던 아랑에게 친언니의 존재는 상상하는 것 이상의 의미로 다가왔다.

그런 점에서는 고방아도 별반 다르지 않았다. 그녀는 아랑을 바라보는 눈빛부터 달라졌으며 그녀가 무슨 말을 하고 어떤 행동을 해도 온화한 표정으로 바라보았다. 고방아는 이제 일가피붙이조차 없는 외톨이가 아니다. 그녀에게도 아끼고 사랑해 줄 여동생이 생긴 것이다.

"바보야. 달아가 선우에게 정신으로 지시했겠지."

"아… 그렇구나."

아랑은 제 머리를 주먹으로 콩 때리고는 차에 장치되어 있는 컴퓨터를 켜고 단자에 USB를 꽂았다. 이어서 능숙한 솜씨로 USB의 내용을 화면에 띄웠다.

고방아는 운전을 하느라 화면의 깨알 같은 글씨를 제대로 보지 못하고, 연달아는 한글에 익숙하지 않아서 띄엄띄엄 읽을 뿐이다.

"여기 있어!"

하루 종일 이어졌던 텐쵸오가 자백한 내용은 워낙 방대해서 고선우는 그것을 기록한 후에 각 내용별로 파일을 만들어서 저장해 두었다.

그래서 파일 제목만 보면 원하는 내용을 쉽게 찾을 수가 있게 되어 있다.

고선우는 앰플에 관한 내용을 '여고생납치사건' 이라는 제목을 붙여서 파일에 넣어두었다.

그 파일에는 한국과 일본의 어떤 조직들이 그 사건을 진행하고 있으며, 각 조직들이 몇 개의 앰플을 만들었는지, 그리고 완성된 앰플들이 모두 어디에 있는지까지 자세히 기록되어 있었다.

그리고 그 파일의 마지막에 앰플의 용도에 대해서 나와 있었다. 아랑이 그 내용을 또박또박 큰소리로 읽었다.

"순결한 처녀의 몸을 지닌 여고생에게서 추출한 순정혈(純精血)은 과거로부터 연속환생자가 아닌 사람을 현재로 데려오는 데 쓰인다. 앰플 하나의 순정혈을 데려오려는 한 사람에게 복용시키고 런너가 직접 손을 잡고 현재로 이끌면 가능하다. 순정혈을 추출하는 것은 월경을 하는 여자로서 순결한 처녀성을 지녀야만 가능하다. 처녀지신이 아닌 여자는 순정혈을 추출하는 과정에서 죽음을 당한다.”

아랑의 말이 끝났지만 연달아와 고방아는 너무 놀라서 한동안 말을 하지 못했다. 고방아는 자기가 잘못 들었나 싶어서 아랑에게 다시 한 번 읽어보라고 했다. 하지만 내용은 똑같았다.

앰플의 용도는 연달아와 고방아가 상상했던 것보다 훨씬 더 엄청난 것이었다.

“말도 안 돼…….”

아랑은 자기가 읽은 내용이 맞는지 다시 한 번 읽어보고는 아연실색했다.

앰플 속의 액체는 ‘순정혈’이라는 이름을 갖고 있다고 한다. 숫처녀인 여고생의 몸에서 추출해 낸 정화이므로 ‘순정혈’이라고 하는 것 같았다.

그런데 순정혈을 과거의 어떤 인물에게 복용시켜서 런너가 손을 잡고 현재로 데려올 수 있다는 것이다. 연속환생자가 아니더라도 말이다.

연속환생자는 과거의 일을 기억하지 못한다. 하지만 앰플을 복용시켜서 과거의 사람을 현재에 데려오면 과거의 일을 생생하게 기억할 것이다. 연달아처럼 말이다.

그렇다면 묵인자는 자신에게 필요한 인물들을 쏙쏙 골라서 현재로 데려올 수 있다는 뜻이다.

앰플이 5백 개라면 5백 명을 데려올 수 있고, 천 개면 천 명을 데려올 수 있다.

더구나 그들은 하나같이 수행자의 능력을 지니고 있을 것이다. 그러므로 이것은 실로 상상조차 하지 못했던 엄청난 사건이다.

텐쵸오가 어째서 여고생들만 상대로 그런 짓을 했는지 이제야 알 수 있게 되었다.

일반인 여자들 중에서 숫처녀를 찾는 것은 하늘의 별을 따는 것과 같은 일이다.

하지만 여고생들은 월경을 하면서도 상대적으로 숫처녀를 찾기가 쉽다.

일본에서 납치된 여고생들 중에는 죽은 사람이 많다고 했다. 그 말은 일본에서는 처녀성을 지니고 있는 여고생이 드물다는 뜻이다.

그렇다면 실종된 여고생들도 아마 죽었다고 봐야 할 것이다. 시체를 찾지 못했기 때문일 것이다.

반면에 대한민국의 여고생들은 아직 성이 문란하지 않기 때문에 숫처녀를 많이 찾을 수 있었을 것이다. 어쩌면 그런 이유로 텐쵸오가 대한민국까지 진출하여 순정혈을 얻으려고 했을지 모른다.

"묵인자의 목적에 대한 내용은 없느냐?"

한참 후에 연달아가 무거운 목소리로 물었다.

아랑은 USB에 담겨 있는 파일의 제목들을 샅샅이 살피고 나서 고개를 가로저었다.

"없어."

연달아는 아랑에게 USB에서 묵인자에 관련된 내용은 모두 지우라고 시켰다.

이 USB는 다카하시에게 줄 것이기 때문에 묵인자에 대한 내용을 그대로 남겨둘 수는 없다.

경찰병원에 거의 도착할 때까지 한마디 말도 없던 연달아가 이윽고 무거운 목소리로 말문을 열었다.

"앰플을 모두 찾아내야겠다."

*   *   *

가락동 국립경찰병원 본관 주차장에서 박미진과 안혜영이 가족과 함께 기다리고 있었다.

박미진은 고방아가 사설탐정 일을 시작하면서 최초로 맡은 사건의 피해자였고, 안혜영은 블랙스파이더 아지트에서 구한 여고생이었다.

연달아가 앰플의 순정혈을 다시 주입함으로써 두 여고생은 식물인간에서 원래의 상태로 회복되었다.

박미진과 안혜영을 경찰병원으로 오라고 연락한 사람은 고방아였다.

오늘 이곳에 모이도록 한 여고생들의 가족들이 다소 이상하게 보일 수 있는 연달아의 치료방법 때문에 거부감을 느낄 수 있을 것이다.

그래서 그녀들에게 자세히 설명해 주라고 박미진과 안혜영에게 부탁한 것인데 흔쾌히 응해주었다.

박미진과 안혜영은 가족들이 모두 왔다. 안혜영은 블랙스파이더 아지트에서 치료를 한 후에 구급차에 실려서 곧장 병원으로 갔었기 때문에 그녀의 가족은 보지 못했었다.

쭈뼛거리면서 서 있던 박미진과 안혜영은 차에서 내려 걸어오는 연달아를 발견하자마자 쪼르르 다가와서 꾸벅 허리를 굽히며 인사했다.

연달아가 머리를 쓰다듬자 그녀들은 눈물을 글썽이며 기쁜 표정을 지었다. 두 여고생에게 연달아는 생명의 은인이나 다름없는 존재다.

그러나 그녀들이 연달아에게 너무 가까이 다가서고 또 안기려는 몸짓을 하자 옆에 서 있던 아랑이 즉시 그 사이로 끼어들어 갈라놓았다.

"더 이상의 신체접촉은 금지입니다."

박미진과 안혜영은 트레이닝복을 입은 데다 모자를 깊이

눌러쓰고 선글라스에 마스크까지 한 정체불명의 여자가 다짜고짜 중간에 끼어들자 못마땅한 표정을 지었다.

하지만 아랑은 시침 뚝 떼고 연달아의 앞을 가로막고 섰다.

연달아 일행과 박미진, 안혜영 가족은 한차례 분분하게 인사를 주고받은 후에 본관 출입구로 걸어갔다.

출입구 바깥에는 십여 명의 기자와 카메라맨들이 모여서 웅성거리고 있었다.

또한 경찰들이 출입구를 지키고 있는데 연달아 일행은 별일 없이 들여보내 주었다.

경찰에 신고된 피해 여고생은 스물두 명인데 다행히도 이 날 모두 경찰병원에 왔다.

식물인간이 된 피해여고생들을 완치시켜 준다고 경찰이 잘 설득한 덕분이다.

온갖 방법을 다 써봤어도 식물인간이 된 피해여고생이 깨어나지 못하자, 가족들은 지푸라기라도 잡아야 하는 처절한 심정이었기 때문에 구태여 경찰이 설득하지 않았더라도 연락만 하면 벌떼처럼 모여들었을 것이다.

그 덕분에 연달아는 피해여고생들을 치료하느라 두 번 세 번 고생하지 않아도 되었다.

박미진과 안혜영, 그리고 가족들이 피해여고생 가족에게

치료 방법에 대해서 설명했고, 가족들은 고민할 것도 없이 모두 그 자리에서 치료에 동의했다. 머리를 쪼개고 배를 가르는 대수술도 아닌, 그저 성기를 약간 벌리는 것뿐인데 동의하지 않을 이유가 없다.

연달아는 경찰병원 측에서 마련해 준 특수치료실에서 피해여고생을 한 명씩 정성껏 치료해 주었다.

치료하는 일을 고방아만 도와줘도 되는데 아랑이 부득부득 자기도 돕겠다면서 들어왔다.

연달아와 고방아는 의미심장한 미소를 교환하면서 아랑을 말리지 않았다.

아니나 다를까, 아랑은 아무것도 한 일이 없다. 그녀는 연달아와 고방아 둘이서 피해여고생의 옷을 벗긴 후에 다리를 벌리고, 성기 안으로 앰플의 순정혈과 전능을 주입하는 과정을 보고는 너무 놀란 나머지 뻣뻣하게 굳어서 아무 말도 못하고 지켜보기만 했다.

어떻게 치료를 한다는 설명은 들었지만 막상 치료하는 장면을 두 눈으로 보게 되자 온몸이 굳어버린 것이다.

그녀는 보고 있는 동안 자기가 벌거벗겨지고 성기가 벌려지는 착각을 계속 느끼면서 몸을 움찔거렸다.

그래서 한쪽 옆에 우두커니 서서 두 손으로 자신의 중요한 부위를 꼭 누르고 있었다. 그러면서도 치료 과정을 눈 똑바로 뜨고 지켜보았다.

피해여고생 스물두 명을 모두 치료하는 데 두 시간 반이나 걸렸다. 예상보다 오랜 시간이 소요됐다.

복도에서는 조금 전까지만 해도 식물인간이었던 피해여고생들이 깨어나서 가족들과 얼싸안고 상봉하면서 울고 떠드는 소리가 시끌벅적하게 들렸다.

그들은 연달아와 고방아가 특수치료실에서 나오기를 기다리고 있었다. 고맙다는 감사인사를 하기 위해서다. 그들은 연달아가 어떤 요구를 해도 다 들어줄 각오가 돼 있었다.

하지만 연달아와 고방아는 아무 사례도 받지 않을 생각이다. 사례 자체가 귀찮았다.

고방아는 자신들이 복도에 나가면 한바탕 난리법석이 벌어질 것이라고 예상했다.

그래서 복도에 있는 유도한에게 부탁해서 피해여고생 가족들을 그대로 해산시키라고 요구했다.

그러는 동안 세 사람은 특수치료실 안에서 기다렸다.

문득 고방아는 아직도 정신을 차리지 못하고 침대에 걸터앉아 어떤 생각에 잠겨 있는 아랑에게 슬그머니 다가가서 넌지시 말했다.

"자. 이제 랑이 차례다."

"뭐가?"

아랑은 깜짝 놀라 반사적으로 몸을 웅크리며 두 손을 방어하듯이 뻗었다.

고방아는 연달아를 보면서 한쪽 눈을 찡긋했다.

"거봐. 얘가 반항할 거라고 내가 그랬었지? 랑이 움직이지 못하게 팔 꽉 붙잡아."

연달아는 그녀의 윙크가 아랑에게 장난을 하자는 뜻으로 알아듣고 빙긋 미소 지으면서 아랑의 두 팔을 잡았다.

고방아는 아랑의 두 발목을 힘껏 붙잡더니 냉정한 얼굴로 말했다.

"랑아, 일 복잡하게 만들지 말고 좋게 바지 벗자, 응?"

"어, 언니. 왜 이러는 거야?"

"너한테 앰플의 순정혈을 한 번 넣어보기로 했어. 그것이 너의 알파 능력을 촉진시켜 줄지도 모르니까."

"정말이야, 오빠?"

아랑은 크게 놀란 얼굴로 연달아를 돌아보면서 묻는데 그 순간 온갖 상상이 머릿속을 가득 채웠다. 자신의 성기가 벌어지고 연달아가 그 속에 순정혈과 전능을 주입하는 상상이다. 그러자 온몸이 수만 볼트 전기에 감전된 것처럼 찌릿거렸다.

바로 그때 고방아가 그녀의 트레이닝 바지와 팬티를 한꺼번에 잡는가 싶더니 단숨에 죽 벗겨 버렸다.

"앗!"

아랑은 화들짝 놀라 발버둥을 치면서 엉겁결에 발로 고방아의 가슴을 걷어찼다.

퍽!

"악!"

그다지 세게 찬 것 같지도 않았는데 고방아는 쏜살같이 날아가더니 벽에 뒷머리와 등을 호되게 부딪친 후 바닥에 쓰러졌다.

아랑은 그 자리에 굳어서 놀라는 표정으로 쳐다보았다. 아랑의 발길질에 고방아가 4~5미터나 날아가다니, 만약 벽이 없었다면 그녀는 최소한 10미터 이상 날아갔을 기세였다.

연달아는 아랑의 알파 능력이 발휘된 것이라고 생각해서 별로 놀라지 않았다. 단지 고방아가 다쳤을까 봐 걱정이 앞섰을 뿐이다.

그러나 아랑은 어떻게 된 일인지 모른 채 놀라서 눈을 크게 뜨고 고방아와 자신의 발을 번갈아 쳐다보았다.

"방아!"

연달아는 급히 달려가서 고방아를 일으켰다. 그러나 그녀는 이미 기절해서 축 늘어진 상태였다. 그리고 입과 코에서 피가 흘러나오고 있었다.

아랑의 발길질 한 번에 무술로 단련된 고방아가 그대로 뻗어버린 것이다.

아랑은 침대에 앉아서 아랫도리를 벌거벗은 채 울음을 터뜨렸다.

"으앙! 내가 어떻게 된 거야, 오빠? 방아 언니는 괜찮아?"

연달아는 고방아를 안아서 침대에 눕히고 나서 아랑의 머리를 쓰다듬었다.

"너의 알파 능력이 너도 모르게 발휘된 것 같다."

"알파 능력……."

연달아는 고방아 때문에 지체할 수가 없어서 그녀의 가슴 한복판에 손바닥을 대고 전능을 주입했다.

"왁!"

잠시가 지나자 고방아는 눈을 뜨더니 갑자기 벌떡 상체를 일으키면서 입에서 왈칵 핏덩이를 토해냈다.

그녀의 옷과 침대에 쏟아진 핏덩이는 검붉은 색이었다. 죽은피, 즉 응혈이다. 아랑의 발길질에 걸어차인 가슴의 피가 죽은 것이다.

"언니… 괜찮아? 미안해……."

아랑은 고방아를 보면서 눈물만 펑펑 흘렸다.

고방아는 어이없다는 표정으로 아랑을 보면서 물었다.

"너… 어떻게 된 거야?"

"랑이의 알파 능력이 발휘된 것 같다."

"그래?"

고방아는 입에서 흐르는 피를 닦을 생각도 하지 않고 아랑의 머리를 쓰다듬었다.

"축하한다. 꼬맹아."

아랑은 눈물을 흘리면서 동시에 지금껏 한 번도 느껴본 적이 없는 기분에 사로잡혔다.

가슴이 따스해진 것이다. 그것은 마치 가슴속에서 온천이 솟아나는 것 같은 느낌이었다.

피해여고생들의 가족이 모두 떠났다는 기별을 받은 후에 연달아와 고방아, 아랑은 특수치료실에서 나왔다.

연달아는 청바지에 야구점퍼, 캐주얼 신발 차림, 그리고 환두대도를 넣은 케이스를 어깨에 메고 있으며, 고방아는 즐겨 입는 할리 라이더 가죽옷차림에 옷 속에는 네 정의 권총으로 무장을 했다.

아랑은 연연회의 헐렁한 트레이닝복을 입고 모지에 미스크, 선글라스까지 끼고 있다.

"고방아."

특수치료실 밖에 서 있던 강남경찰서장 유도한이 다가왔다.

"선배, 강 선배하고 다카하시 못 봤어요?"

"못 봤다. 여기서 만나기로 했어?"

“네.”

고방아는 휴대폰을 꺼내 강 형사에게 전화를 걸어 몇 마디 나누고 나서 연달아에게 말해주었다.

“강 선배는 시경에 있어. 인천공항 측으로부터 어제 일본에서 입국한 전체 탑승자 명단을 받아서 지금 쿠로카미를 찾는 중이래.”

이어서 다카하시에게 전화를 걸자 그가 곧 받았다.

“지금 어딥니까?”

고방아는 물어보고 나서 즉시 끊더니 엘리베이터 쪽으로 걸음을 옮기며 유도한에게 손짓을 해 보였다.

“휴게실에 있대. 유 선배도 오세요.”

다카하시는 늘 보던 모습이 아니었다. 어제 러시아 마피아로 추정되는 자들에게 미행을 당하고 또 테러를 당한 뼈아픈 경험이 있었기 때문에 그는 완전히 다른 사람으로 변장을 한 모습이다.

연달아 일행이 휴게실에 들어섰을 때 다카하시가 일어서면서 손을 들어 신호를 보내지 않았으면 그인지 알아보지 못했을 정도로 변장한 모습이었다.

“미행은 없는 것 같습니다.”

다카하시는 연달아 일행과 유도한이 다 앉기를 기다렸다

가 주위를 한차례 둘러보고 나서 앉으며 한껏 목소리를 낮추어 말했다.

그는 어제의 테러가 자신들이 미행을 당했기 때문인 것으로 확신하는 듯했다.

고방아가 거두절미하고 USB를 꺼내 손바닥에 얹어 다카하시에게 보여주었다.

"여기에 다 들어 있습니다."

그녀는 가까운 사람 외에는 사무적인 말투를 사용했다.

등산복 차림에 등산모자, 옅은 색의 선글라스까지 끼고 가짜 콧수염까지 붙인 다카하시는 긴장된 표정으로 USB를 뚫어지게 주시하더니 고방아를 쳐다보았다.

"그 정도입니까?"

4GB짜리 USB에 담아야 할 정도로 텐쵸오의 자백 내용이 많으냐고 묻는 것이다.

"엄청납니다. 그거면 텐쵸오의 일본 내 기반을 깡그리 붕괴시킬 수 있을 겁니다."

고방아는 표정을 조금 더 굳히며 당부했다.

"제대로 처리해야 합니다."

다카하시는 바짝 긴장한 얼굴로 고개를 끄덕였다.

"맡겨주십시오. 텐쵸오의 자백 내용을 검토한 후에 일본의 전 경찰력을 동원해서라도 반드시 일망타진하겠습니다."

이어서 고방아는 심각한 표정으로 USB를 왼손에 쥐고 오른손으로는 앰플을 꺼내 탁자 한가운데에 내려놓고 그것에 대해서 설명했다.

그러나 앰플의 용도에 대해서는 말하지 않았다. 그걸 말하면 묵인자에 대해서도 설명을 해야 하기 때문이다.

설명을 듣고 난 다카하시는 너무 놀라고 충격을 받아서 아무 말도 하지 못하다가 한참이 지나서야 앰플을 쳐다보며 중얼거렸다.

"맙소사. 텐쵸오가 여고생들을 납치한 것이 이것 때문이었습니까?"

고방아가 고개를 끄덕이자 다카하시는 얼굴에서 놀라움을 지우지 못한 채 물었다.

"이걸 어디에 사용하는 겁니까?"

그러나 아무도 대답하지 않았다. 다카하시는 고방아와 연달아를 번갈아 쳐다보면서 대답을 기다렸으나 뜻을 이루지 못했다.

그는 고방아 등이 앰플의 용도를 알고 있으면서도 말하지 않는 것이라고 짐작했다.

그것은 앰플의 용도가 그만큼 중요하지만 다카하시나 일본 경찰은 몰라도 된다는 뜻이다.

그래도 여고생납치사건을 해결하는 데는 지장이 없다는

뜻이기도 하다.

“말씀해 줄 수 없습니까?”

다카하시는 다시 한 번 정중하게 부탁했다. 알아서 나쁠 것은 없다.

아니, 반드시 알아야겠다고 생각했다. 텐쵸오가 무엇 때문에 그런 엽기적인 범죄를 저질렀는지 이유를 모른 채 사건을 해결한다는 것은 어불성설이다.

유도한은 일전에 블랙스파이더 아지트에서 설명을 들어서 앰플이 뭔지는 알지만 용도에 대해서는 모르고 있다.

하지만 그는 잠자코 있었다. 나중에 고방아가 설명해 줄 것이라 믿었다.

“알 필요 없습니다.”

고방아는 딱 잘라서 말하며 손을 뻗어 앰플을 집었다.

“우린 이미 많은 것을 당신에게 주었습니다. 요구가 과하다고 생각하지 않습니까?”

다카하시는 고개를 조아리고 나서 USB를 쥐고 있는 고방아의 왼손을 쳐다보았다.

“죄송합니다. 그 USB에 대해서는 일본 경찰과 일본 정부가 추후 고방아 씨와 연달아 씨에게 크게 감사드리며 또한 후사할 것입니다.”

사실 일본에서 벌어지고 있는 여고생납치, 살인, 실종, 식물인간사건은 실로 엄청나다.

그런데 일본 경찰은 그것에 대해서 전혀 단서가 없었고 해결할 엄두를 내지 못했었다.

더구나 그것을 텐쵸오가 저질렀을 것이라고는 상상조차 하지 못했었다.

그런데 전혀 뜻밖에 연달아와 고방아가 텐쵸오를 잡아서 자백 일체를 받아냈으니, 일본 경찰로서는 손도 대지 않고 코를 푸는 것이나 다름없는 일인 것이다.

고방아는 냉정한 표정으로 고개를 가로저었다.

"우리한테 그럴 필요 없습니다. 일본 정부가 일말의 고마움이라도 표시하려면 위안부 할머님들에게 진심으로 고개 숙여 사죄하고 적절한 보상이나 하십시오."

다카하시는 일본 경찰 내에서도 알아주는 한국통, 아니, 친한파다. 그러므로 그는 진심으로 위안부 문제에 대해서 죄스러운 마음을 지니고 있다.

"죄송합니다."

그는 이마가 탁자에 닿도록 깊이 숙이며 사죄했다.

고방아는 그가 고개를 들기를 기다렸다가 오른손을 펼쳐서 앰플을 보여주며 단호한 표정을 지었다.

"한 가지만 말해주겠습니다. 이 앰플을 전량 회수하십시오. 이것이 있어야지만 식물인간이 된 피해여고생을 치료할 수 있습니다."

다카하시는 놀라는 표정을 지었다.

"어떻게 치료합니까?"

고방아는 고개를 설레설레 가로저었다.

"일본 정부가 첨단의학을 동원하여 피해여고생들을 치료하려고 노력하겠지만 아마 어려울 겁니다. 장담하지만 치료는 우리만 할 수 있습니다."

"그럼… 앰플들을 회수해 놓고 당신들을 기다려야 합니까? 언제 일본에 오시겠습니까?"

"앰플들을 모두 회수한 이후에 연락하십시오."

고방아와 아랑은 일본의 피해여고생들을 치료하러 연달아가 직접 일본까지 가야 한다는 사실이 못마땅했다.

그보다 더 싫은 것은 그가 피해여고생들을 치료하는 과정에서 일일이 성기를 벌리고 그 안에 순정혈을 주입해야 한다는 사실이다.

도대체 왜 꼭 그런 해괴한 방법으로 치료를 해야 하는지 모를 일이다. 아마 순정혈을 성기에서 뽑아냈으니까 그래야 하는 모양이다.

아까도 연달아가 피해여고생들을 치료하는 과정에 다른 방법을 여러 번 시도해 봤으나 번번이 실패했다.

"꼭 앰플을 전량 회수해야 합니다."

고방아는 다시 한 번 못을 박았다.

다카하시는 엄숙한 표정으로 고개를 숙였다. 앰플 하나는 묵인자가 과거에서 능력자 한 명을 현재로 데려오는 것을 뜻하므로 어떻게 해서든 막아야만 한다.

"최선을 다하겠습니다."

고방아는 다카하시의 확답을 듣고서야 왼손의 USB를 그에게 건네주었다.

다카하시는 USB를 두 손으로 받아서 자신의 목숨보다 더 소중하게 다루며 품속 안주머니에 넣고는 일어섰다.

"가장 빠른 비행기를 타고 일본으로 돌아갈 것입니다. 도착해서 틈틈이 고방아 씨에게 연락드리겠습니다. 그리고 앰플은 전량 회수하도록 전력을 다하겠습니다."

그가 떠난 후에 고방아는 유도한에게 물었다.

"어떻게 됐어요?"

텐쵸오가 장악한 전국 주요대도시의 폭력 조직들을 검거하는 일이 어떻게 됐느냐는 물음이다.

"청장님께서 진두지휘하여 어젯밤에 작전이 완료됐다. 서울과 인천, 대구, 광주, 부산, 목포 등지의 열네 개 폭력 조직을 급습하여 납치사건에 가담한 자들을 대부분 검거했으며, 170여 개의 앰플을 확보했다고 한다."

"예상했던 것보다 적은데요?"

"서울이 백 개로 제일 많고 그다음은 부산, 광주, 대구 등의 순서다. 지방은 서울보다 훨씬 늦게 범행을 시작했기 때문에 피해가 적었던 것 같다."

아랑이 매점에서 음료수를 사 갖고 와서 고방아와 유도한 앞에 하나씩 놔주고는 연달아 것은 자기가 직접 따서 손에 쥐어주었다.

그리고는 탁자에 팔꿈치를 대고 턱을 괸 채 그가 마시는 모습을 흐뭇하게 바라보았다.

유도한이 얼굴을 찌푸리며 말을 이었다.

"폭력 조직들에게 납치됐던 것으로 추정되는 여고생들 시체가 전국 곳곳에서 발견되고 있는데 30여 구에 달한다. 그리고 지금도 계속 발견되고 있는 상황이다. 도대체 그건 어떻게 된 거냐?"

고방아는 착잡한 표정으로 대답했다.

"앰플의 액체는 순정혈이라고 하는네, 숫처녀에게서만 추출할 수 있어요. 숫처녀가 아닌 여고생들은 추출하는 과정에서 죽음을 당한다고 하더군요."

유도한의 얼굴이 보기 싫게 확 일그러졌다.

"그런 말도 안 되는……. 숫처녀인가 아닌가가 사람의 목숨을 가른다는 말인가?"

연달아의 옆에 찰싹 붙어서 앉아 있는 아랑이 음료수 캔을 입에서 떼고 종알거렸다.

"그자들은 납치한 여고생들에게 숫처녀인지 아닌지 물어 보지도 않고 무자비하게 그런 짓을 한 게 분명해요. 한마디 물어보기만 했어도 죄 없는 목숨들이 많이 살 수 있었을 텐데 말이에요."

유도한은 아랑을 힐끗 쳐다보면서 고방아에게 누구냐는 눈짓을 해 보였다.

"선배는 말해도 몰라요."

유도한은 무시를 당했는데도 전혀 기분 나쁜 표정을 짓지 않고 그저 아랑을 물끄러미 주시했다.

아랑은 정장을 입고 있는 유도한이 경찰이라는 것을 짐작 조차 하지 못했다. 아니, 경찰이라고 해도 아랑의 태도를 변 하게 하지는 못할 것이다. 단지 그의 시선이 싫은 그녀는 차 갑게 톡 내쏘았다.

"그만 봐요."

유도한은 슬쩍 인상을 썼으나 곧 아랑에게서 시선을 거두 고 자신의 할 말을 했다.

"어제 자네들을 테러한 자들은 러시아 마피아가 맞다. 그 자들의 신상을 조사한 바로는 국내에 들어와 있는 서너 개의 러시아 마피아 소규모 조직 중 하나인 듯하다."

그때 고방아의 머릿속으로 연달아의 말이 전해졌다.

'더 자세하게 물어봐라.'

고방아는 자세를 똑바로 하고 유도한을 쳐다보았다.

"어떤 조직인지 알아냈어요?"

"어제 자네들을 테러한 자들 세 명 중에서 운전자는 머리가 터져서 운전석에 앉은 상태에서 즉사했고, 조수석과 뒷자리의 두 명을 심문해 봤는데 입도 뻥긋하지 않는다. 고문을 할 수도 없고."

유도한은 난감한 표정을 지었다.

"그자들 만나게 해줄 수 있어요?"

"자네들이 직접 만나려고?"

"네."

유도한은 길게 생각하지 않고 고개를 끄덕였다.

"그자들은 지금 본서에 있으니까 어려울 것 없지. 지금 만나볼래?"

"그러죠."

물론 고방아가 한 말은 모두 연달아의 뜻이다.

일행은 휴게실에서 나와 본관 출입구 쪽으로 걸어갔다.

그런데 유도한이 빠른 걸음으로 먼저 앞서 걸었다.

"밖에 경찰 출입기자들이 지키고 있으니까 자네들은 따로 본서로 오게."

어느 경찰서에나 제집처럼 상시 출입하는 기자들이 있게

마련이다.

경찰에서 아무리 철통같이 보안을 유지해도 그들은 기가 막히게 냄새를 맡고 어디든지 따라붙는다.

그러니 느닷없이 경찰병원에 수십 가족들이 모이는 일을 기자들이 모르고 있을 리가 없다.

연달아가 피해여고생들을 치료하는 동안 경찰이 본관 건물을 철저하게 통제하고 있었다.

또한 피해여고생 가족들을 해산시키는 과정에서 기자들에게 절대 아무 말도 하지 말아달라고 강력하게 당부했기 때문에 기자들은 아무것도 모르고 있을 것이다.

그 말은 지금 기자들의 의혹이 최대로 증폭된 상태라는 뜻이기도 하다.

만에 하나 이 사실이 기자들을 통해서 언론에 대대적으로 발표된다면 그 여파는 상상을 초월할 것이다. 경찰 조직은 물론이거니와 국가의 근간을 뒤흔드는 사건으로 비화될 것이 분명하다.

연달아가 피해여고생들을 치료했다는 사실이 문제가 아니라 그녀들이 어떻게 해서 그 지경이 됐는지, 그러는 동안에 경찰이나 정부는 도대체 무얼 하고 있었는지의 질타가 사회적으로 큰 이슈가 될 것이기 때문이다.

본관 출입구 밖에는 들어올 때보다 곱절이나 더 많은 기자

와 카메라맨들이 진을 치고 있는 것이 복도의 창문을 통해서
보였다.

입구에 이르기 전에 고방아가 아랑에게 일렀다.

"너 오빠에게 업혀."

아랑은 이게 웬 떡이냐 하며 얼른 연달아에게 업혀서 늘 하
는 익숙한 자세를 잡았다.

이윽고 연달아 일행이 밖으로 나가자 몇 명의 기자들이 달
려들며 외쳤다.

"실례합니다! 무슨 일로 오셨습니까? 경찰이 소집한 가족
중 하나입니까?"

"경찰이 식물인간 상태의 여고생들을 치료했다고 하는데
혹시 아십니까?"

"혹시 이 학생이 치료받은 여고생입니까?"

기자들이 '식물인간 상태의 여고생'까지 알고 있다는 것
은 위험하다.

고방아가 버럭 소리쳤다.

"야! 내 동생 방금 뇌종양 진단받았는데 니들이 살려줄
래?"

기자들은 찔끔해서 비칠비칠 물러났다. 아랑이 몹시 힘없
는 모습으로 연달아의 등에 얼굴을 푹 파묻고 있는 것을 보고
환자라고 여긴 것이다.

고방아가 밴틀리를 운전하고 경찰병원 정문을 벗어나자 멀찌감치 고선우와 연연화가 탄 아우디8이 뒤따랐다.

아랑은 조수석에 앉은 연달아에게 마주 보고 앉은 자세로 안겨서 어깨에 뺨을 묻고는 고방아를 보며 힘없는 모습으로 말했다.

"언니, 나 아프니까 조금 더 이렇게 있어도 되지?"

고방아가 아랑을 뇌종양 환자라고 말했기 때문에 기회다 싶은 것이다.

"저건 누가 연예인 아니랄까 봐."

고방아는 아랑을 힐끔 보며 입술을 삐죽거렸다. 아랑이 연기 하나는 기가 막히게 잘한다는 생각이 들었다.

제31장

감마에게의 워프

RUNNER
런너

주차장에 차를 주차시킨 연달아 일행이 강남경찰서 건물로 걸어가고 있는데 맞은편에서 남녀 두 사람이 대화를 하면서 마주 걸어오고 있었다.

연달아의 왼쪽에 고방아가, 오른쪽에 아랑이 나란히 걸어가고 있으며 아랑은 연달아의 팔을 가슴에 안은 채 꼭 붙잡고 있는 모습이다.

아랑은 뭐가 그렇게 신나는지 연달아를 보면서 계속 재잘거리는 중이다.

그러느라 자기 옆으로 스쳐 지나고 있는 남녀에게 조금도 신경을 쓰지 않았다.

"그래서 내가 '나 알파야.' 그랬더니 엄마가 '그거 마트에서 파는 거니?' 하고 묻더라니까? 아하하하! 알파가 마트에서 파는 거래!"

막 아랑 옆을 스쳐 지난 남녀 중에서 활동적인 캐주얼 복장의 20대 후반의 여자가 우뚝 걸음을 멈추더니 놀라는 표정을 지으며 급히 아랑을 돌아보았다.

'저 목소리는?

그녀는 신라신문사의 연예부 여기자인데 황예린이라고 한다. 연예기자로만 5년 동안 활동해 닳고 닳았기 때문에 연예계에 대해서는 말 그대로 귀신이 다 되어 있다.

그런 그녀가 아랑 특유의 짤랑짤랑하고 통통 튀는 듯한 웃음소리를, 그리고 약간 비음이 섞인 애교스러운 독특한 목소리를 알아듣지 못했을 리가 없다.

'아랑이다!'

황예린은 연달아를 바라보면서 까르르 숨넘어가는 웃음소리를 터뜨리고 있는 아랑의 옆모습을 똑바로 쏘아보면서 속으로 소리쳤다.

모자를 깊이 눌러쓰고 선글라스에, 마스크까지 했지만 황예린은 그녀가 아랑이 틀림없다고 확신했다.

아랑에게서는 다른 연예인들에게는 없는 독특한 아우라가

보이기 때문이다.

황예린은 아랑이 거의 매달리다시피 팔을 가슴에 안고 있는 후리후리한 체구의 사내의 뒷모습과 그 옆에 걸어가고 있는 늘씬한 여자를 재빨리 훑어보았다.

‘누구지?

그녀는 현재 대한민국 최고의 아이돌인 아랑의 신발 크기와 옷의 치수, 집 주소 등 사소한 것까지도 샅샅이 조사를 해서 알고 있다.

하지만 지금 아랑과 함께 나란히 걸어가고 있는 남녀는 한 번도 본 기억이 없다. 하지만 최고의 아이돌이 낯선 남자와 팔짱을 끼고 걸어간다는 자체만으로도 기삿거리가 충분하고도 넘친다.

황예린은 아랑이 가고 있는 방향이 경찰서 본관인 것을 보고는 고개를 갸웃거렸다.

‘아랑이 경찰서에? 대체 무슨 일이지?’

황예린은 본능적으로 큰 먹잇감이라는 사실을 직감했다. 그녀는 아랑에게서 시선을 떼지 않은 채 옆에 있는 남자를 팔꿈치로 건드리며 속삭였다.

“양 기자. 사진 준비해.”

남자는 잽싸게 목에 걸고 있는 카메라를 손에 잡았다.

“누군데 그래?”

"저기 오른쪽에 아담한 여자애 보이지? 아랑이야."

"뭐어?"

황예린은 경찰서로 들어가고 있는 연달아 일행을 향해 발소리를 내지 않으면서 달렸고, 그 뒤를 사진기자 양 기자가 따랐다.

황예린은 복도 모퉁이에서 한쪽 눈만 내놓고 복도 중간쯤을 노려보듯이 주시했다.

'강남경찰서 서장이 아랑 일행을 직접 안내하고 있잖아?

그녀의 시선 끝에는 유도한이 앞서고 연달아 일행이 뒤따르며 2층으로 향하는 계단을 오르고 있는 광경이 보였다.

딴청 부리는 체하면서 멀찍이에서 뒤따르던 황예린이 우뚝 걸음을 멈추었다. 연달아 일행이 어느 방으로 들어갔기 때문이다.

그런데 여기자는 연달아 일행이 들어간 곳의 팻말을 보고는 의아한 표정을 지었다.

'저긴 수사과잖아? 아랑이 저길 왜?

연달아 일행과 유도한은 수사과장실에서 커피를 마시며 경찰이 유치장에서 두 명의 러시아 마피아를 데려오기를 기다리고 있었다.

276 런너

텐쵸오의 부하 중에서 사도는 죽었고, 솔저는 청평 별장에
텐쵸오와 함께 붙잡혀 있는 상황이다.

남은 것은 2수행자인 정령과 3수행자인 디스트로이어다.
지난번에 한강수변공원에서 디스트로이어는 경찰특공대에
게 집중 총격을 받고 죽었다가 국립과학수사연구원에서 감쪽
같이 사라져 버렸었다.

연달아는 그자가 다시 살아났을 것이라고 추측하고 있다.
디스트로이어라면 충분히 그 정도의 능력이 있을 것이다. 그
러므로 5수행자를 제압하거나 죽이는 것은 같은 수행자여야
만 한다.

그렇다면 러시아 마피아를 부리고 있는 자는 정령이나 디
스트로이어일 것이다.

쿠로카미는 어제 입국했기 때문에 그럴 만한 시간적 여유
가 없었을 것이기 때문이다.

놈들의 목적은 고방아다. 어제 무차별 총격을 사한 것으로
봐서는 그녀를 죽이려는 것 같다.

강남경찰서 본관 앞 주차장에 주차해 있는 아우디8 운전석
과 조수석에 연연화와 고선우가 앉아서 정면 위쪽의 2층 창
문을 주시하고 있다.

두 사람은 아무도 보는 사람이 없는데도 자세가 조금도 흐

트러짐 없이 꼿꼿하게 앉은 모습이다.

"연화, 주군께서 전능을 주입해 주신 이후에 달라진 게 있는 것 같아?"

문득 부드럽고 자상한 성격의 고선우가 2층에서 시선을 거두고 연연화를 쳐다보며 흥미있는 표정으로 물었다.

"아직 몰라."

그와는 반대로 과묵하면서도 냉철한 성격인 연연화는 2층 창문에서 시선을 떼지 않은 채 짧게 대답했다.

"반드시 무슨 변화가 있을 거야. 우린 아버님께서 훈련을 통해서 능력을 일깨워 주셨지만 런너께서 직접 전능을 주입한 것은 처음이잖아."

"그렇겠지."

고선우는 빙그레 미소 지었다.

"어떤 능력이 생겼을지 정말 기대되는데?"

"안 생겼을 수도 있어. 괜히 김칫국물부터 마시지 마."

"너는……."

고선우는 연연화가 찬물을 끼얹자 반박을 하려다가 그만두었다. 그래 봤자 소용이 없기 때문이다.

그때 두 사람은 자신들이 타고 있는 차 뒤쪽에서 무엇인가 날아와서 차 지붕 위를 낮게 지나쳐 곧장 경찰서 본관 2층 창문을 향해서 엄청 빠른 속도로 쏘아가는 것을 동시에 발견했다.

그 순간 두 사람은 그것이 로켓포탄이라는 사실을 반사적으로 간파했다. 평범한 사람이었다면 그것이 그저 하나의 빛이라고만 여겼을 것이다.

그러나 이미 늦었다. 로켓포탄은 2층 창문을 뚫는 중이었다.

‘음?’

연달아는 문득 멀리서 작은 북을 두드리는 듯한 소리를 듣고 오른쪽의 창문을 쳐다보았다.

퍽!

그 순간 무엇인가 시커먼 물체가 창문 아래 벽을 뚫고 쏘아 들어왔다.

그것을 발견한 사람은 연달아와 그의 오른쪽에 찰싹 붙어서 앉아 있는 아랑뿐이나. 아랑도 언달아하고 똑같은 소리를 듣고 무심코 쳐다보고 있었다.

다른 사람들은 차를 마시거나 각자의 행동을 하고 있다가 단지 퍽! 하는 소리만 들었을 뿐이다.

연달아가 발견했을 때 시커먼 물체는 벽을 뚫고 들어오자 마자 하나의 불덩어리 폭포로 급변했다.

쾅—!

그 불덩어리 폭포가 앉아 있는 네 사람을 비롯하여 실내 전체를 휩쓸었다.

찰나지간 연달아는 그 폭발이 실내의 모든 사람을 죽일 것이라는 생각이 들었다. 그래서 그들을 보호해야겠다고 작정했다.

쿠콰쾅!

다시 한 차례의 무지막지한 폭음과 함께 눈부신 광채가 번쩍이면서 실내의 모든 것이 박살 나 가루가 되어 사방으로 날아갔다.

그런데 그 순간 고방아와 아랑, 유도한, 수사과장은 똑똑히 보았다.

실내가 완전히 콩가루가 되어 날아가고 있는 와중에 자신들은 아무렇지도 않다는 사실을 말이다.

소파를 중심으로 모여 있는 네 사람은 자신들 주위에 마치 하나의 커다란 반원형의 돔처럼 생긴 방탄유리가 쳐져 있는 듯한 광경을 발견했다.

그리고 연달아가 손바닥을 활짝 펼친 채 두 팔을 양쪽으로 힘껏 뻗고 있는 모습도 발견했다.

그 모습은 누가 봐도 지금의 돔을 그가 만들어냈다는 사실을 알 수가 있었다.

더구나 그는 어금니를 악물었는데 목과 이마에 힘줄이 불끈 솟아 있는 모습이다.

고방아는 연달아가 전능을 발휘해서 투명의 돔을 만들어 자신들을 살렸다는 사실을 깨달았다.

유도한과 수사과장은 이 믿어지지 않는 광경을 보면서 자신들이 꿈을 꾸고 있는 것은 아닌가 하는 표정이다.

난데없이 수사과장실이 폭발하는 것도 놀랄 일이지만, 연달아가 보여주고 있는 행동은 더욱 놀라운 일이었다.

원래는 투명한 돔이 보이지 않지만, 돔 밖의 상황이 폭풍 같고 돔 안은 더없이 잠잠하기 때문에 그 차이가 돔을 보이게 하고 있는 것이다.

수사과장실은 사방이 완전히 날아가 버렸다. 바깥쪽 벽은 물론이고 수사과 쪽 삼면의 벽도 커다란 구멍이 뚫리거나 무너진 상태다.

그리고 집기들이 활활 맹렬하게 불타고 있었다. 수사과장실 밖 수사과 내부도 아수라장으로 변했다.

수사과장실에서 가까운 쪽은 완전히 풍비박산난 상황이며 십여 명 정도가 피투성이가 되어 쓰러진 채 신음을 흘리고 있었다.

콰앙!

폭발에 의해 수사과 문과 모든 창문들이 박살 나며 복도 쪽으로 뜨거운 화염과 연기가 뿜어졌다.

"아악!"

"와악!"

복도에서 아랑이 나오기만을 기다리고 있던 황예린과 양 기자는 난데없는 상황에 비명을 질렀고 복도 전체가 격심하게 흔들리자 그 자리에 쓰러졌다.

두 사람은 쓰러진 채 눈을 휘둥그렇게 뜨고 수사과의 박살난 문과 창에서 짙은 연기가 꾸역꾸역 뿜어져 나오는 광경을 쳐다보았다.

"뭐… 야?"

"방… 금 그거 폭발이었어, 황 기자."

군대를 다녀온 양 기자가 눈을 퉁방울처럼 뜬 채 중얼거렸다.

"아랑……."

황예린은 번쩍 정신을 차리고 중얼거리다가 벌떡 일어나 수사과를 향해 냅다 달려갔다.

"양 기자! 어서 따라와!"

수사과에 들어선 황예린과 양 기자는 눈앞에 펼쳐진 지옥 같은 광경을 보면서 할 말을 잃고 말았다.

부가아아—

아우디8은 거리에서 전속력으로 한 대의 차량을 추격하는 중이다.

운전은 고선우가 하고 있다. 그가 운전 솜씨가 더 뛰어나기 때문이고, 반면에 싸움은 연연화가 더 월등하다.

방금 전에 로켓포탄이 2층 수사과장실 창을 뚫고 들어가자마자 두 사람은 테러를 저지른 자들을 추격하기 위해서 재빨리 자리를 바꿔 앉았다.

그리고 급출발을 하여 경찰서 정문으로 향하고 있을 때 정문 앞을 스쳐 지나고 있는 구형 볼보승용차 뒤 창문에서 절반쯤 튀어나온 휴대용 로켓포 RPG—7의 포신이 불을 뿜는 것을 발견했다.

두 번째 로켓포탄은 수사과장실 바로 아래 일층 쇠창살 창문을 뚫고 들어가서 폭발했다. 그곳은 유치장이었다.

고선우가 막 아우디8을 몰고 정문으로 향하고 있는 중에 로켓포탄이 앞창을 아슬아슬하게 스치고 지나갔다.

만약 아우디8이 조금만 빨랐더라면 폭발하여 허공으로 떠올랐을 것이다.

도주하는 볼보는 종합운동장 옆 올림픽로에서 우회전하여 미친 듯이 폭주하고 있다.

종합운동장사거리에서 수많은 차량들이 멈춰 있는데도 일차선에서 중앙선을 넘어 맞은편에서 좌회전하는 차들 사이를 요리조리 곡예 운전을 하며 곧장 지나갔다.

고선우도 똑같은 방법으로 사거리를 통과했다. 하지만 훨씬 더 빠른 속도로 추격했다.

신호가 떨어지기 전이라 교차로 너머의 도로는 텅 비어 있는 상태라서 최신형이고 배기량이 훨씬 큰 아우디8이 볼보를 추격하는 것은 시간문제인 상황이다.

다음 교차로인 신천사거리에 이르기 전에 아우디8은 볼보를 15미터까지 따라잡았다.

그때 갑자기 볼보 양쪽 뒤 창문에서 각각 한 명씩 상체를 내밀었다.

둘 다 러시아인인데 오른쪽 놈은 로켓포 RPG—7을 아우디8을 향해 겨누었고, 왼쪽 놈은 구소련제 AK—47자동소총을 겨누었다. 아니, 겨누었다 싶은 순간 발사했다.

푸하악!

투카카카카카—

아우디8이 핸들을 확 꺾어서 왼쪽 중앙선을 급격하게 넘어갔다.

끼아악!

파파파팍!

모두 피하지는 못했다. 로켓포탄은 피했으나 십여 발의 총탄이 아우디8의 조수석 쪽 앞 유리창과 라디에이터, 보닛을

훑었다.

하지만 조수석에 앉아 있는 연연화는 피할 생각도 하지 않고 재빠른 동작으로 뒷자리 발 놓는 바닥에서 한 자루 총을 집어 들었다.

전체가 시커먼 색의 쇳덩이로 이루어진 차라리 기관총이라고 해야 마땅할 정도로 크고 무거운 총이다.

하지만 이것은 분명히 저격용 총으로 분류되는 미국제 배럿M82다.

무게가 자그마치 13kg에 달하고 유효 사거리가 1,800미터에 이르는 이 괴물은 총탄 크기부터가 일반 총탄보다 열 배는 더 크고 긴 12.7X99㎜를 사용한다.

걸프전, 보스니아, 아프가니스탄, 이라크에서 사용되었던 이놈은 표적이 사람이 아니라 물체다. 즉, 대물저격용이라는 뜻이다. 그래서 나온 말이 헬리콥터를 잡는 저격총이라는 별명이다.

연연화는 13kg나 나가는 배럿M82를 왼손으로 가볍게 쥐고는 몸을 일으켜 지붕의 선루프 밖으로 내밀고 나서 상체를 불쑥 내밀었다.

신천사거리에 거의 다다른 볼보의 앞쪽에는 서너 대의 승용차들만 정지선에 멈춰 있을 뿐이다.

볼보 뒤 왼쪽 창문에서 한 명이 연연화를 조준하여 AK—

47자동소총을 갈겨대고, 또 다른 한 명은 아우디8을 향해 두 번째 로켓포탄을 쏘아냈다.

쿠카카카카카—

고선우는 볼보에서 자동소총과 로켓포탄을 발사하자마자 급히 핸들을 틀어 아우디8을 오른쪽으로 급격하게 꺾었다. 볼보 왼쪽 뒤 창문에서 쏘아대는 자는 아우디8이 시야에서 사라졌기 때문에 맞출 수가 없다. 하지만 오히려 볼보 오른쪽 창문의 로켓포에 완전히 노출됐다.

키가가각—

그 순간 아우디8이 맹렬하게 왼쪽으로 급격하게 방향을 전환하여 로켓포탄을 아슬아슬하게 스쳐 가게 했다. 고선우의 놀라운 운전 실력이 유감없이 발휘되고 있다.

첫 번째와 두 번째 빗나간 로켓포탄은 가로수와 길가의 커피숍을 통째로 날려 버리고는 불바다로 만들었다.

투투투카아—

그 순간 배럿M82가 연속 세 차례 불을 뿜었다. 마치 탱크포가 발사되는 듯한 묵직한 소리가 대로의 허공을 쩌르르 울렸다.

기관포탄이라고 해도 좋을 배럿M82의 총탄 세 발은 볼보 뒤 유리창을 뚫고 들어가 사람과 앞좌석 시트를 그대로 관통하고 대시보드를 뚫으며 엔진에 틀어박혀 터졌다.

쿠콰쾅!

볼보가 둥실 허공으로 떠오르는가 싶더니 빙글 공중제비를 한 바퀴 돌고는 정지선에 멈춰 있는 두 대의 차를 넘어 교차로 한복판에 내동댕이쳐졌다.

연연화가 배럿M82를 뒷자리에 내던지고 조수석에 앉고 있을 때, 아우디8은 오른쪽 갓길로 크게 우회하여 내달려서 뒤집어진 채 불길에 휩싸여 있는 볼보 옆에 멈추었다.

끼이익!

그런데 연연화가 볼보로 달려가고 있는데 그보다 먼저 볼보 조수석의 문이 뜯겨지며 그녀에게 맹렬한 속도와 위력으로 쏘아왔다.

쾅!

품속 어깨벨트에서 소음권총을 뽑으면서 돌진하던 연연화는 미처 문짝을 피하지 못하고 왼팔로 막았다.

텅!

왼팔에 부딪친 문짝이 휴지조각처럼 찌그러지며 허공으로 퉁겨 날아갔다.

그런데 연연화는 왼팔에 나뭇가지 하나가 부딪친 정도의 느낌만 받았을 뿐 전혀 통증을 느끼지 못했다.

힐끗 왼팔을 쳐다보니까 입고 있는 캐주얼 점퍼가 조금 찢어진 정도일 뿐이다.

연연화에게는 어제까지만 해도 이런 능력이 없었다. 평범한 인간보다는 훨씬 강하고 빠르고 또 민첩했지만 이 정도까진 아니었다.

그녀는 이것이 연달아가 전능을 주입해 주었기 때문일 것이라고 확신했다. 그렇게 생각하자 힘이 불끈 솟구쳤다.

그런데 그때 볼보에서 문짝을 부수고 뛰쳐나온 한 사내가 연연화에게 돌진해 오고 있었다.

아니, 바로 코앞까지 들이닥치면서 오른손의 권총을 내밀고 있었다.

짙은 회색의 토카레프TT33이다. 그자는 권총을 내미는 순간 발사했다.

쾅! 쾅! 쾅!

코앞에서 쏘아대는 권총이라 고막이 먹먹하다. 하지만 총소리가 들렸다는 것은 이미 발사된 후라는 뜻이다.

그러나 연연화는 어느새 사내의 왼편에서 상체를 숙인 채 대시하는 중이다.

코앞에서 연속으로 쏘아대는 총을 피하고 오히려 상대에게 대시하고 있다니, 이것 역시 연연화로서는 어제까지만 해도 꿈도 꾸지 못할 일이다.

그녀의 움직임은 옆에서 봐도 제대로 분간할 수 없을 정도로 지독히 빨랐다.

오른손의 소음권총보다는 왼손이 공격하기가 더 수월했
다. 그녀의 주먹이 사내의 겨드랑이 아래로 파고들었다.

빽!

"끅!"

연연화는 사내의 갈비뼈가 서너 대 부러지고 간이 으깨어
지는 느낌이 주먹을 통해서 전해지는 것을 생생하게 느꼈다.

사내가 일그러진 얼굴로 그녀를 힐끗 돌아보면서 동시에
권총을 겨누려고 할 때 이번에는 그녀의 왼 주먹이 명치를 파
고들었다.

쩍!

"커윽!"

늑골이 수수깡처럼 바스러지면서 사내는 입을 크게 벌리
고 그 자리에 고꾸라졌다.

그런데 그게 끝이 아니다. 사내는 쓰러지면서 왼손으로 연
연화의 종아리를 움켜잡았고, 오른손의 권총으로 아래에서
위로 발사했다.

쾅!

연연화는 흠칫 놀랐다. 그녀는 아래를 보고 있었기 때문에
사내가 권총을 발사하는 광경을 똑똑히 봤다.

토카레프TT33 총구에서 불이 번쩍이며 그 불길이 그녀를
향해 뿜어져 올라왔다.

‘피해야 한다!’

그녀의 머리가 다급하게 외쳤다. 그러나 1미터도 채 안 되는 거리에서 쏜 총탄을 피한다는 것은 상식을 떠나 비상식적으로도 불가능한 일이다.

그런데 그 순간 기이한 일이 벌어졌다. 연연화의 턱을 향해 아래에서 위로 발사된 총탄이 뚝 멈추었다. 아니, 멈춘 것이 아니라 아주 느리게 쏘아 오르고 있었다. 너무 느려서 멈춘 것처럼 여겨질 정도다.

지금 이 순간만큼은 시간이 평소에 비해서 백 배 정도 느려진 것 같았다.

그렇다고 연연화의 움직임까지 느려진 것은 아니다. 그녀는 상체를 슬쩍 뒤로 젖혔다.

쐐액!

총탄이 얼굴 앞쪽 10cm 거리에서 스쳐 올랐다.

그리고 다음 순간 연연화의 소음권총이 불을 뿜었다.

퍽퍽퍽퍽!

소음권총에서 뿜어진 반짝이는 네 발의 은탄이 사내의 머리를 짓이겼다.

연연화는 축 늘어진 사내의 몸을 발로 차서 젖혀 똑바로 눕혔다.

사내의 얼굴은 도저히 알아볼 수 없을 정도로 으깨어진 상태였다.

하지만 연연화는 사내가 텐쵸오의 디스트로이어일 것이라고 판단했다. 사내가 보여준 능력이 그것을 입증했다.

연연화의 소음권총은 이스라엘제 데저트이글(Desert Eagle)이다.

이스라엘 IMI(Israel Military Industry)사가 개발한 초대형 권총이다.

대구경탄을 사용하기 때문에 세계에서 가장 강력한 자동권총이란 평가를 받고 있다.

그녀의 데저트이글이 디스트로이어의 심장을 겨누었다.

퍽퍽퍽!

세 발의 은탄이 더 발사되어 디스트로이어의 심장을 풍선처럼 터뜨렸다. 확인사살이다.

교차로 한복판에서 벌어진 교통사고에 이은 총격전, 그리고 살인사건에 수많은 차량들이 사방에 멈춰서 꼼짝도 하지 않고 있었다.

그들 중 다수는 차량 안에서 몰래 휴대폰과 디지털카메라로 연연화의 살인 장면을 사진을 찍거나 촬영을 하고 있었다.

연연화는 조금도 서두르는 기색 없이 천천히 걸음을 옮겨 아우디8 조수석에 올랐다.

부아앙―

아우디8은 텅 빈 직진도로를 따라서 아무 일 없었다는 듯이 유유히 사라져 갔다.

화르르—

교차로 한복판에는 뒤집힌 볼보가 맹렬하게 불타고 있고, 그곳에서 약간 떨어진 곳에 한 구의 처참한 시체가 하늘을 향해 누워 있었다.

그리고 조금 전에 연연화의 살인 장면을 찍었던 사람들은 휴대폰이나 디지털카메라로 그 장면을 다시 확인하고는 황당한 상황에 직면했다.

다른 모든 장면들은 다 제대로 찍혔으나 오로지 연연화에 관한 모습만 부옇게 나왔기 때문이다.

그들은 자신들의 휴대폰이나 디지털카메라가 고장이 났다고 생각했다.

하지만 그날 그곳에서 그 광경을 촬영한 모든 사람의 휴대폰이나 디지털카메라가 그렇게 찍혔다는 사실은 나중에야 밝혀졌다.

황예린과 양 기자는 수사과와 유치장이 폭발물 테러를 당한 현장사진을 거의 실시간으로 수백 장이나 생생하게 찍는 쾌거를 올렸다.

그리고 그 카메라 USB를 5분도 되지 않아서 경찰들에게

뺏기는 진기록을 세우기도 했다.

강남경찰서는 발칵 뒤집혔다.

연달아 일행과 유도한 등은 건물 밖으로 나와서 멀찌감치 대피했다.

유도한은 경찰들을 지휘하여 주변을 수색하게 하고 피해 상황을 파악하도록 했다.

그리고 잠시 후에 신천사거리에서 대형 교통사고와 총격전, 그리고 차 한 대가 불타서 완전히 전소됐으며 그 옆에 한 명의 사내가 총격에 의해 무참히 살해되어 있다는 보고를 받았다.

"테러범들인가?"

유도한의 물음에 현장을 확인하고 온 경찰이 대답했다.

"그런 것 같습니다. 불탄 차에서 여러 개의 무기와 로켓포가 발견됐습니다."

"생존자는?"

"한 명도 없습니다. 세 명은 차 안에서 불타 죽었고, 한 명은 차 밖에서 여러 발의 총격을 받아 사망했는데, 눈 뜨고는 볼 수 없을 정도로 참혹하게 죽었다고 합니다."

"누구 짓인가?"

"모르겠습니다."

유도한은 슬쩍 인상을 썼다.

"백주 대로에 수많은 차량들과 사람들이 있었을 텐데 목격자도 그 장면을 촬영한 사람도 없다는 말인가?"

"그게……."

경찰은 그 장면을 촬영한 모든 사람들의 휴대폰과 디지털 카메라에서 살인자와 살인자의 동료로 보이는 사람, 그리고 그들이 탄 차량 모습이 모두 부옇게 나왔다는 사실을 자세히 보고했다.

유도한은 뭔가 짚이는 것이 있어서 경찰을 물러가게 하고 나서 고방아에게 물었다.

"넌 알지?"

"뭘 말인가요?"

"테러범들 누가 죽였는지."

고방아는 어깨를 으쓱해 보였다.

"그걸 내가 어떻게 알아요?"

하지만 그녀는 적극적으로 부인하지 않아서 묘한 여운을 남겨두었다.

그때 문득 연달아는 유도한의 생각을 읽었다.

'어르신의 명령으로 고방아 뒤를 봐주고는 있지만 이건 일이 점점 더 커지는데? 이러면 내 선에서 처리하는 것이 껄끄러워지겠군.'

연달아는 유도한이 생각하고 있는 '어르신' 이 누군지 궁금했다. 하지만 '어르신' 이 우리 편일 것이라고 추측했다.

잠시 후에 유도한은 부하 경찰에게 또 다른 보고를 받았다. 유치장에 감금되어 있던 러시아 마피아 두 명이 조금 전 두 번째 로켓포탄 공격으로 죽었다는 것이다.

한 명은 즉사, 또 한 명은 중상을 입고 병원으로 옮기던 중에 과다출혈로 사망했다고 한다.

연달아는 이곳에 더 이상 있을 필요가 없다고 생각했다.

그때 연달아의 정신으로 고선우의 정신이 읽혀졌다.

[주군, 경찰서를 공격했던 자들을 모두 처치했습니다.]

연달아는 조금 전에 유도한에게 보고하는 경찰의 말을 듣고 테러범들을 죽인 사람이 연연화와 고선우일 것이라고 짐작하고 있었다.

연달아는 고선우에게 생각을 전했다.

'우린 지금부터 징토 형님에게 가셨다.'

*   *   *

연정토는 외출 중이었다. 그래서 연달아 등은 바로 옆집인 아랑네 집으로 가서 잠시 휴식을 취했다.

몸이 근지럽다면서 씻어야겠다고 고방아와 아랑이 나란히

욕실에 들어갔다.

옷을 벗고 들어가자마자 고방아가 아랑을 보더니 비죽비
죽 웃기 시작했다.

"왜 웃어?"

아랑은 자기보다 키가 훨씬 크고 몸매도 탄력 있는데다가
글래머인 고방아를 보고 어느 정도 기가 죽어 있던 차에 입술
을 삐죽거렸다.

"랑이 너 귀엽구나?"

고방아는 자기보다 머리 하나 정도 더 작고 체구도 아담하
고 연약한 아랑을 보면서 미소 지었다. 고방아는 정말로 아랑
이 귀여워서 웃는 것이다.

하지만 아랑은 그게 비웃는 것처럼 보였다. 순전히 몸매에
서 오는 열등감 때문이다.

더구나 고방아는 어떤 여자가 봐도 저절로 엄지를 치켜세
울 만큼 근사한 유방을 지니고 있는 데 비해서 아랑의 유방은
초라했다.

아랑은 지금껏 자기 유방이 한 번도 빈약하다고 여긴 적이
없었는데 고방아의 것을 보는 순간 상대적 빈곤감을 느낄 수
밖에 없었다.

사실 아랑의 유방은 표준이라고 할 수 있다. 단지 고방아의
것이 지나치게 크고 탐스러울 뿐이다.

“흥! 언니 먼저 씻어!”

아랑은 코가 떨어지게 냉소를 쳤다.

“어? 랑이 너 이게 뭐니?”

그런데 고방아가 아랑의 하복부를 가리키면서 놀라는 표정을 지었다.

“또 무슨 트집을 잡으려고… 어?”

아랑은 부루퉁해서 자신의 배를 내려다보다가 눈을 동그랗게 떴다.

그녀의 아랫배 그러니까 배꼽 아래에 이상한 청색의 문양이 그려져 있는 것이었다.

“이… 게 뭐야?”

아랑은 화들짝 놀라서 잔뜩 고개를 숙이고 자세히 살펴보려고 했으나 거꾸로의 자세라서 잘 보이지 않았다.

고개를 들던 그녀는 고방아의 배꼽 아래에도 똑같은 문양이 있는 것을 발견했다.

“이것 봐. 언니도 있어!”

그런데 고방아의 것은 금빛이었다.

“무슨 새 같아. 이게 뭐지?”

두 사람은 전신거울 앞에 나란히 서서 자신들의 몸을 비춰보았다.

고방아와 아랑의 배꼽 아래에는 똑같은 문양과 똑같은 크

기의 그림이 그려져 있었다. 단지 색만 금빛과 청색으로 다를
뿐이었다.

거울을 자세히 살피던 고방아는 홀린 듯한 표정으로 중얼
거렸다.

"이건 삼족오야."

"삼족오?"

"응. 고구려의 상징인 삼족오야."

"그런데 이게 왜 우리 몸에 똑같이 그려져 있지? 언제 누가
그린 건가?"

아랑은 물을 묻혀서 지우려고 손바닥으로 배꼽 아래를 문
질러 보았다. 하지만 지워지지 않았다.

"문신인 것 같아."

고방아는 뭔가 짐작 가는 것이 있는 듯 침착한 얼굴로 설명
했다.

"문신?"

"어쩌면 달아에게 전능을 주입받고 나서 생긴 것인지도 몰
라. 그럴 가능성이 커."

"아……."

아랑의 얼굴에서 놀라움과 두려움이 사라지면서 환한 기
색이 퍼졌다.

두 여자는 서로의 얼굴을 쳐다보았다. 무언중에 그녀들은

눈빛을 교환하고 재빨리 욕실 밖으로 나가 옷을 갈아입고는 연달아에게 달려갔다.

연달아는 침상에 반듯한 자세로 누워서 두 팔을 깍지 껴서 뒷머리를 감싼 채 눈을 감고 있었다. 잠이 들었는지 고른 숨소리를 내고 있었다.

방에 들어선 고방아와 아랑은 살금살금 다가가서 아랑이 갑자기 연달아의 상의를 확 걷어 올렸다.

"오빠도 있어!"

아랑은 연달아의 배꼽 아래에 수북한 털을 손으로 헤치면서 탄성을 터뜨렸다.

"왜 그러느냐?"

연달아가 눈을 뜨고 상체를 일으키려니까 고방아가 그의 가슴에 손바닥을 대고 지그시 눌렀다.

"가만히 있어봐. 확인할 게 있어서 그래."

연달아의 배꼽 아래에도 분명히 삼족오 문양이 있었다. 그러나 바지 때문에 가려서 전체 그림이 잘 보이지 않자 아랑은 그의 혁대를 풀고 지퍼를 내린 후에 바지를 조금 아래로 끌어내렸다.

"봐봐 언니. 틀림없는 삼족오야!"

아랑이 시커멓고 수북한 털을 두 손으로 양쪽으로 헤쳐서 눕히면서 탄성을 터뜨렸다.

"정말이네."

그런데 연달아의 삼족오는 한 가지 색이 아니었다. 가운데가 금색이고, 오른쪽 시계방향으로 청(靑), 녹(綠), 황(黃), 흑(黑), 홍(紅), 자(紫), 회(灰)의 도합 여덟 가지 색으로 이루어진 삼족오였다.

"오빠 거는 정말 멋있다."

"당장에라도 하늘로 날아오를 듯한 힘찬 기세야."

두 여자는 나란히 앉아서 연달아의 하체에 시선을 고정시킨 채 찬사를 아끼지 않았다.

만약 다른 사람이 이 광경을 본다면 그녀들이 연달아의 어떤 신체 부위를 보고 탄성을 터뜨리는 것이라고 착각을 했을 것이다.

바로 그때 연달아의 머릿속에서 느닷없이 누군가의 목소리가 들렸다.

[귀하, 오늘밤에 만나려던 약속은 아마도 지키지 못할 것 같소이다.]

연달아는 벌떡 일어나 앉았다. 그는 방금 그 목소리의 임자가 어젯밤 정신으로 만났던 북두칠성 중에 자색별의 그 사람이라는 것을 깨달았다.

'무슨 일이 있소?'

고방아와 아랑은 연달아가 갑자기 일어나 앉으며 심각한 표정을 짓자 깜짝 놀라서 가만히 그를 지켜보았다.

자색별의 인물이 허허롭게 웃었다.

[하하하! 나는 지금 처형당하러 형장으로 끌려가는 중이오.]

'형장?

연달아는 마음이 급했다.

'거기가 어디오? 내가 당장 그리 가겠소.'

[여기가 어딘지는 모르겠소만… 한양인 것만은 분명하오.]

'한양?

연달아는 움찔 가볍게 놀라서 급히 고방아에게 물었다.

"방아, 한양이 어디냐?"

"어디긴? 여기지?"

"여기? 서울 말이냐?"

고방아는 총명하게 눈을 반짝이다가 대답했다.

"조선시대에는 서울을 한양이라고 불렀어."

"조선시대?"

고방아는 연달아가 조선시대에 대해서 모르기 때문에 그것에 대해서 간단하게 설명해 주었다.

설명을 듣고 난 연달아는 뜻밖이라는 표정을 지었다.

"그렇다면 감마가 조선시대 사람이라는 말인가?"

고방아와 아랑은 깜짝 놀랐다.

연달아는 자색별, 즉 감마에게 정신을 보냈다.

'나를 부르시오. 그곳으로 가겠소.'

[하하! 어떻게 귀하를 부른다는 말이오?]

'하늘을 보시오. 뭐가 보이오?'

[해가 떠 있소.]

'하늘에서 북두칠성을 찾을 수 있겠소? 낮에는 보이지 않겠지만 지금 시각에 어느 위치에 있을 것이라는 것을 짐작할 수 있겠소?'

잠시 침묵이 흘렀다가 감마가 대답했다.

[알 수 있겠소.]

'북두칠성을 귀하의 머리 위 하늘로 끌어오시오. 아니, 끌어온다고 생각하시오.'

[어떻게 별을 끌어올 수 있다는 말이오?]

'할 수 있소. 내가 바로 북두칠성이오. 나를 당신의 머리 위로 끌어온다고 마음속으로 절실하게 원하시오. 어서.'

고방아와 아랑은 연달아가 정신으로 감마와 대화를 나누는 중이라고 짐작하여 꼼짝도 하지 않고 그를 지켜보았다.

그런데 어느 순간 침대에 앉아 있던 연달아의 모습이 흐릿해지기 시작했다.

스스스.

"아!"

두 여자가 놀라고 있는 사이에 실로 거짓말처럼 연달아의 모습이 침대 위에서 씻은 듯이 사라져 버렸다.

『런너』제4권에 계속…

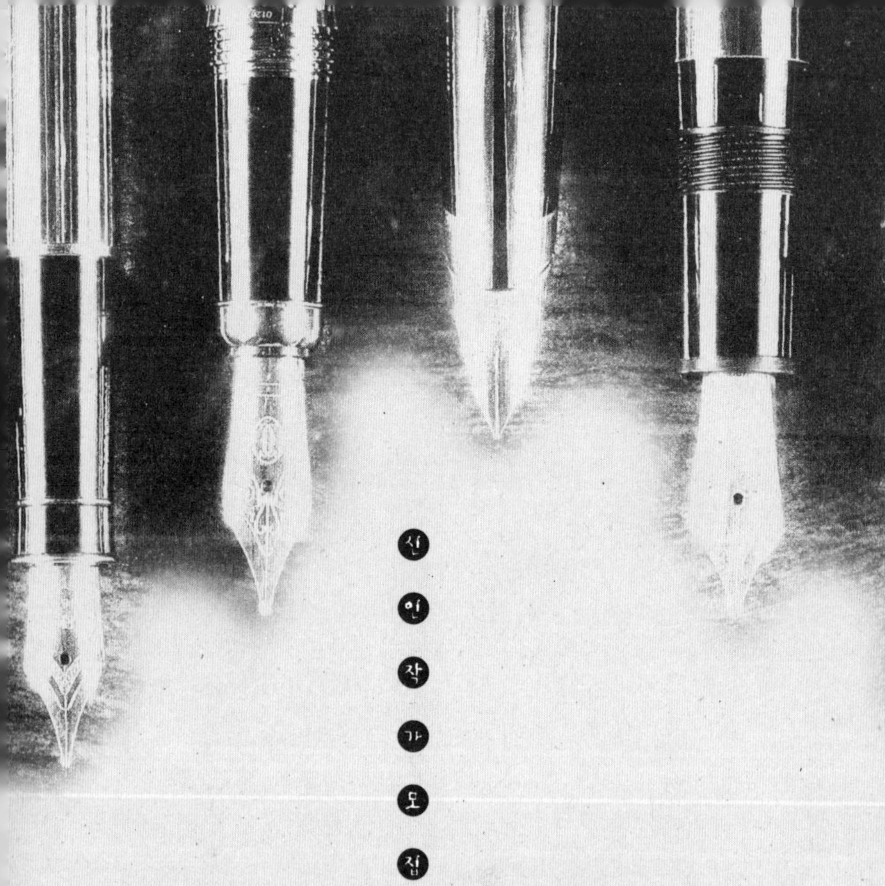
신
인
작
가
모
집

1월 0일

진호철 장편 소설

살아진다고 사는 것이 아니다.
스스로 살아야만 진정한 삶이다!

우주의 법칙마저 뛰어넘은 미증유의 힘, 반물질과의 만남.

**1월 0일, 운명이 격변하는 날!
오늘은 새로운 삶의 시작이다!**

Book Publishing CHUNGEORAM